罪な裏切り

愁堂れな

幻冬舎ルチル文庫

CONTENTS ✦目次✦

罪な裏切り

✦カバーデザイン=小菅ひとみ(CoCo.Design)
✦ブックデザイン=まるか工房

イラスト・陸裕千景子✦

罪な裏切り

プロローグ

生きたい　生きたい　生きたい
死にたくない　死にたくない　死にたくない
まだ死ぬわけにはいかない。
だって俺は——。

1

「あっ……あぁっ……あっ……あっ……あっ……」

　奥深いところをスピーディに抉《えぐ》られ続け、田宮《たみや》が堪《こら》えきれない声を上げる。既に二ラウンド目に突入しているため、彼の声はすっかり嗄《か》れてしまっていた。

　突き上げる側の高梨《たかなし》の背にうっすらと汗が浮き、煌々《こうこう》と灯《とも》された明かりが反射してきらきらと輝いている。激しい高梨の動きについていこうと、その背に腕を回していた田宮は、無意識のうちに爪《つめ》を立て、必死にしがみつこうとした。

「……っ」

　痛みを覚えた高梨が微《かす》かに眉《まゆ》を顰《ひそ》めたが、すぐにふっと笑い、田宮の両脚を抱え直す。

　快楽の絶頂にいる田宮が、自分の所作に気づいていまいと察したと同時に、それだけ行為に感じてくれていることが嬉しくもあり、高梨は敢《あ》えて気づかせることはせずに田宮を更なる快楽の極みへと導くべく、腰の律動の速度を上げた。

「あぁっ……あっ……あっ……あーっ」

　田宮の掠《かす》れた喘《あえ》ぎが切羽詰まり、彼の華奢《きゃしゃ》な首が、いやいやをするように激しく横に振られる。己の背に立てられた爪の先にも力がこもるのを感じた高梨は、そろそろ田宮は限界なのだろうと察し彼の片脚を離すと、二人の腹の間で勃ちきり、先走りの液を零《こぼ》していた雄を握って一気に扱《しご》き上げた。

「アーッ」

田宮が悲鳴のような声を上げ、大きく背を仰《の》け反《ぞ》らせて達したその瞬間、高梨の雄をおさめていたそこが激しく収縮する。

「……くっ……」

その刺激に高梨もまた達し、白濁した液を田宮の中にこれでもかというほど注いでいた。

はあはあと息を乱す田宮の目がうつろになっている。意識はあるかなと思いつつ高梨が問いかけると、田宮がおそらく無意識だろうに、コクコクと首を縦に振った。

「……大丈夫?」

「……ごろちゃん……」

『大丈夫か』と問うと必ず田宮は高梨に心配をかけまいとし、『大丈夫』と頷《うなず》いてみせる。条件反射となっているその受け答えが出たのだろうが、大丈夫ではないときにまで『大丈夫』と答える必要はない。

気遣いの塊のような田宮の性格は勿論《もちろん》、高梨にもわかっていたが、自分だけには気など遣ってもらいたくないとどうしても思ってしまい、それで彼はすっと手を伸ばすと、未だに息が整わないでいる田宮の頬《ほお》を軽く抓《つね》った。

「……え……？」

それでようやく我に返ったらしい田宮が、戸惑った視線を高梨へと向けてくる。

「大丈夫か？」

再び同じ言葉で問いかけると、今や意識がはっきりしているらしい田宮は、無意識のとき以上の気遣いを見せ、

「大丈夫」

と微笑《ほほえ》み頷いてみせた。

「嘘や」

「え？」

きっぱりと言い切った高梨に、田宮がまた戸惑いの視線を向ける。

「辛《つら》かった？」

そんな彼に高梨が眉を顰めつつ問いかけると、田宮はにっこりと笑い、首を横に振ってみせた。

「辛くないよ。大丈夫」

「……ほんま？」

「うん、ほんま」

実際辛かったとしても、田宮は絶対に『辛かった』とは言わない。それがわかっているにもかかわらず、その言葉を引き出そうとしている自分に高梨は思わず苦笑した。

「何笑ってんの？」

不意に笑みを漏らした高梨の顔を田宮が大きな瞳で見上げ、問いかけてくる。

「いや、なんでも」

あらへん、と高梨は田宮に覆い被《かぶ》さり、ちゅ、と音を立ててキスしたあと、

「よいしょ」

と声をかけ、身体《からだ》を起こした。

「喉《のど》、渇いたわ。水持ってくるさかい」

高梨自身はそう喉が渇いているわけではなかったが、未だに声が掠れている田宮はおそらく、喉を潤す水を欲しているだろうとベッドを下り、キッチンへと向かう。

「おおきに」

背中で聞く田宮の、あまりにも嘘くさい関西弁に高梨は笑ってしまいながら、冷蔵庫へと辿《たど》り着くと、ドアを開きミネラルウォーターのペットボトルを二本取りだして、再びベッドへと戻った。

「ごめん」

水を差し出すと、田宮は酷《ひど》くバツの悪そうな顔になり、ぺこりと頭を下げてきた。

「気にせんかてええよ。僕かて飲みたかったし」

てっきりその『ごめん』を、水を運んでこさせたことへの詫《わ》びだと思った高梨が笑って謝罪を退けると、

「そうじゃなくて……」

と田宮はますますバツの悪そうな顔になり、高梨から目を逸《そ》らしつつ、ぼそりとこう呟《つぶや》いた。

「……背中……ミミズ腫《ば》れになってる」

「ああ」

なんや、と笑った高梨を、田宮がむっとした顔で睨《にら》む。

「笑い事じゃないよ。良平《りょうへい》だって痛かっただろ？」

「いや、痛いことあらへん」

ミミズ腫れになるくらいなので、多少の痛みは覚えたものの、苦痛はなかった、と首を横に振る高梨に、今度は田宮が、

「嘘だ」

ときっぱりと言い切る。

「嘘やないて。エッチに夢中になりすぎて、気ぃつかんかったもん」

だが田宮も高梨がそう笑いかけると、それも『嘘』とは断定できなかったようで、

「馬鹿じゃないか」

とお決まりの台詞《せりふ》を口にし、口を尖《とが》らせてみせた。

「ほんまにごろちゃん、可愛いわ」

どくん、と高梨の雄が脈打ち、急速に硬さを増していく。欲情がビジュアルに表れたのを見た田宮が、ぎょっとしたように目を見開いた。

「わかってるて。もう、体力的に無理……やろ？」

あはは、と高梨が笑い、田宮の寝るベッドにどさりと腰を下ろすと、自分の分のペットボトルのキャップを開け、一気に呷《あお》る。

「……良平、ほんとにタフだよな」

ほとほと感心したように呟いた田宮もまた、高梨に渡されたペットボトルを一気に飲み干した。

「ま、身体だけが自慢やからね」

そう胸を張ってみせる高梨は、実際のところ『身体だけ』が自慢な男ではない。

東大出のキャリアの警察官で、役職は警視。現在警視庁捜査一課に配属されている。将来は警察の中枢を担うと言われる、エリート中のエリートである。

中身だけでなく、高梨の外見もまたトップクラスといっていいものだった。百八十センチを越す長身に、肩幅は広く、腰の位置が高いという外国人と見紛う見事な体軀《たいく》をしている。

顔は擦れ違う人間が十人いたら十人とも振り返るほどに整っており、完璧といってもいい容姿と温かな人柄に惹《ひ》かれた彼のファンは、警視庁内に数え切れないくらいいた。

一方、田宮もまた、人目を引かずにはいられない可憐《かれん》な容姿の持ち主だった。今年三十歳になった彼の勤め先は、一部上場の専門商社であり、一流といわれる私大——W大学の出身である。

ハートフルな人柄と、二十歳《はたち》そこそこにしか見えない可愛らしくも美しい容姿のせいで、社内外に彼を慕う人間は多い。本人は自分の美貌《びぼう》にまったく無自覚であるため、人気者であるということにも気づいていないのだが、そこがまた彼の魅力であるとシンパたちは口を揃《そろ》える。

高梨と田宮、二人の出会いは、田宮が殺人事件の容疑者にされた事件に端を発していた。証拠品により、犯人に特定されかけていた田宮の無実を信じ、真犯人逮捕に向けて尽力してくれたのが捜査を担当していた高梨で、事件が解決するまでの間に二人の間に愛が芽生え、高梨が田宮のアパートに転がり込む形で同棲《どうせい》生活が始まった。

田宮の住居は東高円寺駅から徒歩十分程度のところにある、大学時代から彼が住んでいるアパートで、もともと一人で住むための部屋ゆえ、1DKと手狭である。

大の男二人が生活するには適さない部屋ではあるのだが、高梨も田宮もそれぞれに多忙にしており、腰を据えて新居を探す時間をなかなか取れず、また、多忙ゆえ、夜、寝に帰る以外に部屋にいる時間もないことから不自由も感じていないこともあり、大家のお目こぼしをいいことに同棲生活を続けている。

刑事という職業柄、高梨の休みは不規則で、田宮と休日が重なることは月に一度あるかないかである。

明日がその、二人にとっては貴重な『重なった休日』であったため、いつも以上に激しく田宮を求めてしまったという反省のもと、高梨は田宮に再び、

「大丈夫か？」

と問いかけた。

「大丈夫だってば」

気遣いの田宮は、高梨に気遣われると不機嫌な表情となる。彼が不機嫌になる対象は高梨ではなく、高梨に心配をかけている自身であるということを充分理解している高梨は、これ以上心配はすまいと心の中で呟くと、

「そしたら、寝よか」

と、田宮の手から空になっていたペットボトルを取り上げた。

「うん」

田宮がこくりと頷き、ゆっくりとベッドに横たわる。ペットボトルをキッチンへと戻し、部屋の電気を消してから、高梨も田宮の隣へと潜り込んだ。

田宮のベッドはシングルで、ただでさえガタイのいい高梨は、一人で寝るのにも狭いくらいだった。安眠できないのでは、と田宮は高梨の体調を案じ、ベッドを買おうかと提案しているのだが、高梨は「二人ぴったりくっついて寝るのがええんよ」と田宮の意見を退ける。

ダブルベッドを置くスペースもないため、そのままになっているが、やはり狭そうだなと田宮が高梨の腕の中で密《ひそ》かに溜《た》め息をついたそのとき、

「あ、せや」

と高梨が、何かを思いついた顔になり、田宮を見下ろしてきた。

細く開いたカーテンの隙間から入る月明かりに照らされ、闇《やみ》に目が慣れてきた田宮には高梨の顔がぼんやりと見える。

「なに？」

なんとなく表情が暗いな、と思いつつも問い返した田宮に高梨は、

「明日なんやけど」

と、暗い表情とは裏腹の、明るい口調で話しかけてきた。

「ちょっと付き合ってほしいところがあるんやけど、ごろちゃん、なんか用事ある？」

「ないよ」

珍しくも二人の休日が重なる、そんな日に用事など入れるはずがないと田宮が即答すると、高梨は、

「そしたら、昼頃から出かけよか」

と笑い、田宮の背を抱き締めてきた。

「どこ行くんだ？」

目的地を言わないことにも違和感を覚え、田宮が高梨に問いかける。と、高梨は少し言葉を選ぶようにして黙ったあと、

「千葉」

と告げただけで口を閉ざした。

「……ふうん」

千葉のどこに行こうとしているのかと、田宮は更に追及しようと思ったのだが、高梨が言いよどんでいることがわかったため、そこで会話を打ち切ることにした。

どうせ行けばわかるんだから、と心の中で呟くと、

「おやすみ」

と告げ、少し伸び上がるようにして高梨の唇をキスで塞《ふさ》いだ。

「……おやすみ……」

高梨もまた、ちゅ、と田宮の唇に触れるくらいのキスを返す。

出会って二年経《た》つ高梨と田宮だが、未だに新婚カップルよろしく、挨拶《あいさつ》のたびにキスを交わすのを習慣としていた。

おはようのチュウ、いってらっしゃい、いってきますのチュウ、おかえり、ただいまのチュウ、おやすみのチュウ――それにオプションで、いただきますのチュウ、ごちそうさまのチュウ、一緒にお風呂に入ろうのチュウなどが加わる。

恒例の『おやすみのチュウ』を交わしたあと、田宮は高梨の胸に顔を埋《うず》めたが、いつもよりも彼の鼓動が速いような気がしていた。

やはり何かあったのかな、と顔を見上げたくなる気持ちを堪え、目を閉じる。

高梨の帰宅は、深夜を回った頃だった。少し酔っていたようだが、田宮が食事の支度をしていたことを知ると、『食べる』と張り切り、おかずは勿論、ご飯のおかわりまでしたのだった。

食事のときの会話も、その後、入浴の際に、しつこいくらいに『一緒に入ろう』と誘ってくる言動も――田宮もまたいつものように『絶対嫌』と断ったのだが――普段と変わらなかったように思う。

行為の最中も、特に変わったことはなかったと思うのだが、よくよく思い返してみると、あまりに『いつもどおり』すぎた気がしないでもない、と田宮は高梨に気づかれぬよう、密かに溜め息をついた。

高梨が田宮の気遣いを寂しく思うように、田宮もまた、高梨の気遣いを切なく感じていた。互いに思いやり溢《あふ》れる二人だからこその悩み――というほど大きなものではないが――だと、お互いにわかっているだけに、気づいていても流そうとする。

高梨の身に何かがあったことは間違いないだろうが、今のところ彼はそれを自分に告げる気はない。

その理由はおそらく、自分に心配をかけまいとしているからだとわかるだけに、問い質《ただ》せずにいる。ただ、問わずともきっと、いつか話してくれるに違いないという信頼を、田宮は高梨に寄せていたし、高梨もまたそうだろうと確信もしていた。

背中に回る高梨の腕に、微かに力がこもったのを感じ、田宮は彼の腕の中でふうっと息を吐き、力を抜く。

自分の温《ぬく》もりが高梨を少しでも癒しているのだとしたら嬉しい。そう思いながら田宮は、高梨の胸に頬を当て、少しずつ速さが普段どおりに戻っていく鼓動の音に耳を傾けたのだった。


翌日、前夜の行為の疲れから目覚めずにいた田宮のかわりに、高梨が朝食を作った。田宮が恐縮しまくり、高梨が「ええて」と笑うのも、いつもの休日の風景ではあったが、その後、二人してその朝食を食べてから十時過ぎに家を出て駅へと向かった。

田宮が高梨から目的地を聞いたのは、東京駅に到着したあとだった。

「八柱《やばしら》霊園に行く予定なんよ」

「霊園？」

墓参か、と驚きながらも問い返すと、高梨は「せや」と頷いたものの、誰の墓参かは言おうとしなかった。

駅からタクシーに乗り、霊園を目指す。入り口の事務所前で高梨は一度車を降り、中に何かを聞きにいったが、すぐに戻ってくると、運転手に「二十二区をお願いします」と告げた。

霊園はかなり広くて、徒歩ではとても回りきれない。おそらく高梨は事務所に、参りたい墓の場所を聞いたのだろうと察した田宮は、口を開かず車窓から見える景色を見つめていた。

二十二区でタクシーを降りる。運転手が気を遣い「待っていましょうか」と問うてきたが、高梨は、

「大丈夫ですわ」

おおきに、と運転手の親切な申し出を退けた。

途中の石屋で購入した花と線香を手に、高梨が霊園を進んでいく。

「あ」

小さく声を上げた彼が足を止めたのは古びた墓の前だったが、墓の後ろにやけに新しい卒塔婆《そとば》が一つ立っていた。

花入れに生けてあった花は枯れていたが、そう日にちは経っていなそうだった。高梨が墓の前に座り、じっと墓石を見つめる。

『中川《なかがわ》家之墓』——田宮もまた高梨の後ろに座り、墓をじっと見つめた。

中川という名に心当たりはまるでない。誰の墓なのか聞いてみようかなと思ったが、墓を見つめたまま動かなくなった高梨の姿には、問いかけられない雰囲気があった。

その後田宮は、高梨が花を生けかえたり、墓の周囲を掃いたりするのを手伝い、墓の前で順番に手を合わせた。

この墓地では、石屋から借りた桶《おけ》や箒《ほうき》は、それぞれのブロックの所定の場所に置いておけばいいということだったのでそのようにし、田宮は高梨と共に霊園内を出口へと向かってぶらぶらと歩き始めた。

「ええ天気やね」

高梨が田宮に笑いかけてくる。

「そうだね」

田宮も笑顔で頷くと、高梨は少しの間田宮を見つめたあと、すっと目を逸らし呟くように礼を言った。

「何も聞かんでくれて、ありがとね」

「……何を言ってるんだか」

やはり高梨は何も言う気がないんだろうな、と察した田宮は、わざと気づかないふりをすると、

「それより」

と他に話題を振った。

「今夜、何食べる？　久々に寿司にでも行こうか」

「…………」

高梨はそんな田宮に対し何かを言いかけたが、すぐにふっと笑うと手を伸ばし、田宮の肩を抱いてきた。

「なに？」

「……かんにん」

高梨が田宮の耳元に唇を寄せ、小さく詫《わ》びる。

「何が」

田宮は明るく笑って彼の謝罪を退けると、

「たまには奮発して、銀座にでも行ってみようか？」

と、先ほど自分が振った話題を続けた。

「ああ、でも、日曜だと銀座は休みかな。やっぱり地元の焼き肉にする？」

「うーん、焼き肉も寿司も捨てがたい」

高梨もまた、田宮の話題に乗り、広い霊園内を二人はいつものように笑い合いながら進んでいった。

結局その日、彼らはお茶の水にある、田宮行きつけの焼き肉店で夕食をとり、丸ノ内線で東高円寺まで戻ってきた。

「毎度のことやけど、食べ過ぎてもうた」

ああ、太る、と笑う高梨の顔がいつもどおりであることに安堵《あんど》しつつ、田宮は、

「本当だよ」

と、呆《あき》れてみせた。

「ひど」

高梨が拗《す》ね、田宮を睨む。

「ごろちゃんかて、ぎょうさん食べてたやないか」

「まあね。俺もそろそろ、腹の辺りがヤバいかも」

実際、痩《や》せすぎといってもいい体型なのだが、三十歳を越えたために、既に若者ではないという自覚を田宮は持っている。

それゆえ、その手の発言も最近は多くなってきたのだが、可愛らしい外見にはそぐわないそんな発言は、高梨をはじめ田宮の周囲の人間を実に微笑ましい気持ちにさせた。

「ヤバいことあらへんて。ごろちゃんはもっと太ったほうがええくらいやわ」

「それはない」

ははは、と笑う田宮に高梨が、

「どれどれ？」

といやらしい目を向けつつ、手を伸ばす。

「エッチ」

シャツを捲《めく》られそうになり、田宮が高梨の手を叩くと、

「いったー」

高梨は大仰に痛がってみせたあと「おしおきや」と田宮にのし掛かった。

「よせって」

そのまま服を脱がされそうになるのに、田宮は抗《あらが》ってみせたが、抵抗はかなりおざなりなものだった。

要は二人の気持ちは一緒で、間もなく終わる休日を抱き合って過ごしたい、ということだったのだが、高梨が田宮を押さえ込み、唇を塞ごうとしたそのとき、彼のポケットに入っていた携帯の着信音が響き渡った。

「あ」

小さく声を上げた田宮の上から身体を起こし、高梨が応対に出る。

「はい、高梨」

高梨は携帯の着信音を、来る相手ごとに変える、というようなマメなことはしないタイプなのだが、田宮の電話ともう一つ、職場からの――警視庁捜査一課からの電話のみ、専用の着信音を設定していた。

田宮も勿論そのことは知っていたので身体を起こすと、すぐに出かけるであろう高梨のために、ワイシャツやスーツの用意をし、続いて玄関に靴を磨きにいった。

「復唱します」

どうやら事件現場と思《おぼ》しき住所を背中で聞きながら、手早く高梨の靴を磨く。電話を切った高梨は、田宮が用意したスーツを身につけ、玄関へとやってきた。

「ほんまごろちゃんは、刑事の理想の嫁やわ」

そう笑い、高梨が突きだした唇に、

「馬鹿」

と言いながらも田宮が唇をぶつける。

『いってらっしゃい』『いってきます』のチュウを交わすと高梨は、

「そしたら、いってきます」

ともう一度田宮にキスし、玄関のドアを出ていった。

「いってらっしゃい。気をつけて」

毎度、馬鹿の一つ覚えのように『気をつけて』としか言えない自分にもどかしさを感じつつも、田宮は笑顔で高梨を見送った。

ドアが閉まる間際、振り返って笑ってくれた高梨の身に危険が迫りませんように、と目を閉じ祈るのも毎度のことで、ひとしきり祈ったあと田宮は目を開き、高梨が脱いだ服を片づけるべく室内へと引き返した。

急な呼び出しはよくあるが、今回も殺人などの凶悪事件なのだろうか。高梨の服を畳みながらそう考える田宮の口から溜め息が漏れる。

復唱していた住所は新宿区だった。所轄が新宿署なら、納《おさめ》刑事がいるな、と、高梨の親友であり、自分とも顔なじみである熊のような外見の気のいい刑事の顔を思い出した田宮の頰に初めて安堵の笑みが上る。

彼が一緒なら、なんとなく安心できる。高梨が納に対し、この上ない信頼を寄せていることを知っているだけに田宮は再びそう頷くと、高梨が頑張っているのだから自分も頑張らねばと気持ちを切り替え、明日の出社に備え準備を始めたのだった。

2

「おう、高梨、お疲れ」

新宿は歌舞伎町の現場に到着した高梨に声をかけてきたのは、所轄である新宿西署の刑事、納だった。

「サメちゃんもお疲れ」

彼に微笑み返したあと、高梨は表情を引き締め事件の概要を尋ねる。

「まあ、現場を見てくれ」

納はそう言い、高梨を現場である焼き肉店の店内へと導いた。

「この店は？」

「ああ、週明けにも開店する予定だったそうだ」

真新しい店内を見渡し尋ねた高梨に、納が答える。

「前はお好み焼き屋だった。殺されたのはその前の店のオーナーだ」

「前の？」

高梨が問い返したところで二人は遺体の前に到着した。

「あ、高梨警視、お久しぶり」

検案を終えたばかりらしい長髪の監察医、栖原《すはら》が高梨の姿を認め声をかけてきた。

「どうも、ご無沙汰《ぶさた》しています」

高梨も愛想よく答えたあとに、

「いかがですか？」

と遺体の状態について問いかける。

「見たとおり、絞殺だよ。凶器は首にまきついているネクタイ。おそらくガイシャのものじゃないかな」

説明しながら再び遺体に屈《かが》み込んだ栖原に倣い、高梨も、そして納もまた遺体を前に座り込む。

両手を合わせてから高梨は、遺体をざっと見やった。年齢は四十代半ば、どこかうらぶれた雰囲気のある、スーツ姿の男性だった。無精髭《ひげ》などは生やしていないし、髪の毛もきちんと整えられてはいたが、スーツがきっちりとプレスされていないため、そういった印象を受けるのかと思いつつ、栖原が示した遺体の首に残るさく痕《こん》に注目する。

「死亡推定時刻は？」

「直腸の温度を測った感じでは、死後一日ってとこかな。昨夜の今くらいに殺されたんじゃないかと思う」

正確な時間は解剖してみないとわからないけれど、と栖原は続けたあとに、

「そうそう」

と高梨が注目していた遺体の右手の爪を示した。

「高梨さんも気づいてるみたいだけど、爪、血がついているでしょ。爪の間から皮膚組織でも出ればもうけものだと思ってる。それもまた、解剖待ちってことで」

「わかりました。よろしくお願いします」

高梨が栖原に頭を下げたそのとき、

「あー！　警視ー！」

という、現場に相応《ふさわ》しいとはとても思えない甘えた声が響き渡り、その場にいた皆の注目をさらった。

「ああ、井上《いのうえ》さん、お疲れ様です」

皆の視線が集まる中、高梨が愛想良く声の主に挨拶する。

「疲れてなんてないですよう」

青い制服を身に纏《まと》った男の名は井上といい、『名物』と名高い鑑識係だった。『名高い』のは彼が美貌の青年であることに加え、下半身が非常に緩いためでもある。

それ以上に、鑑識係としての能力の高さが買われているので、現場で多少ふざけた振る舞いをしても見逃されている。

その井上が嬉々《きき》として声をかけてきたのに、高梨は内心苦笑しつつも、現場の状況を彼に尋ねた。

「殺されたのは店の前の持ち主やということでしたが、鍵などはどんな状態でしたか」

「警視の関西弁、いつ聞いてもセクシーやわあ」

井上がうっとりした顔になり、わざとらしく関西弁を使ってみせる。が、高梨が苦笑するとすぐ、

「冗談です」

と頭をかき、説明を始めた。

「鍵はこじ開けられた形跡がありましたが指紋は出ませんでした。遺体の近くからも指紋は一切出ていません。店内は先週まで改装工事が行われていたということですので、指紋はいたるところに残っているんですが、ドアや遺体近くは犯人が綺麗《きれい》に拭《ぬぐ》い去ったようです。靴痕についてもカーペット敷きのために手がかりはいまのところないですね」

肩を竦《すく》めた井上に高梨は「そうですか」と頷くと、

「ガイシャの指紋も出ませんでしたか？」

と彼に問いかけた。

「照合してみないことにはなんとも」

井上は再び肩を竦めてみせたあと、

「一つ、気になることが」

と幾分声を潜めつつ、高梨を見上げた。

「気になること？」

問い返した高梨に井上は「実は」とますます声を潜め、耳元に唇を寄せる。

「あくまでも僕の見解なんで、聞き流してくれてもいいんですけど」

「おい、なんで内緒話なんだよ」

横から納がいかにも不機嫌そうな声を上げたのは、井上が高梨だけを優遇しようとしているから――というわけではなく、職権濫用とばかりに、高梨への接近を試みていると察したためだった。

「深い意味はないですよ」

井上がバツの悪そうな顔になり、高梨から離れる。これ以上接近させるものかという思いのもと、納は先ほど井上から聞いたばかりの彼の『見解』を説明しだした。

「鍵の壊され方が不自然だと言う話だったよな。壊す必要がないのに敢えて壊したように見えるという……」

「はい、あくまでも僕の主観ですが」

頷く井上に、高梨は確認を取った。

「鍵を壊したのは犯人の工作である可能性がある、いうことですな」

「そのとおりです」

再び頷いた井上に高梨は「ありがとうございました」と礼を言い、肩を叩いた。次の瞬間、井上が抜群の反射神経を見せ、その手をぎゅっと握る。

「わ」

突然の行為に高梨が珍しく狼狽《うろた》えたのは、井上が握った手を自分の頰へと持っていったためだった。

「警視の手、あったかあい」

「おいおい、場をわきまえろよな」

納が呆れた声を上げ、井上を睨む。確かに、と高梨は苦笑すると、さりげなく井上の手から手を引き抜き、

「参考になりました。ありがとうございます」

とその手を振って井上の傍《そば》を離れた。

「動じない警視、素敵です」

背中で少しも場をわきまえようとしない井上の甘い声が響く。

「本当にあの野郎は……」

呆れた声を上げる納に高梨は「まあ、ええやん」と笑うと、不意に真剣な顔になり話題を事件へと戻した。

「犯人、もしくは被害者がここの鍵を持っていた。それを隠そうとして敢えてドアを壊した――店舗改装の際、鍵はつけかえたんやろうな。当然」

「おそらく。そのあたりのことは、間もなくこの店のオーナーが現場に来ることになっているから彼から聞けると思う」

納がそう言ったとほぼ同時に、ドアのあたりがざわめき、一人の男が橋本《はしもと》という新宿署の若い刑事に伴われ、黄色いテープを潜って店内に入ってきた。

「あ、警視、お久しぶりです」

納とペアを組むことが多い橋本は、自称『アイドル顔』というだけあり、なかなか整った容貌をしている。彼もまた高梨のシンパであり、納より先に高梨に挨拶をすると、自分が連れてきた男を引き合わせた。

「こちら、この店のオーナーでいらっしゃる渡辺《わたなべ》さんです」

「どうも」

軽く頭を下げた渡辺は、休日の夕方だというのにかっちりとしたスーツ姿だった。年齢は三十代前半、見るからに青年実業家といった外見である。

顔立ちも悪くなく、背も高い。いかにも裕福そうではあるが、ギラギラした雰囲気から、成り上がり感が否めない。

不機嫌な顔をしているのは、いよいよ来週にオープンを控えた自分の店で殺人事件が起こったことを思えば至極当然といえた。

「新宿署の納です。被害者は前のオーナーの加藤《かとう》三次《みつぐ》さんなんですが、加藤さんとはご面識がありますか？」

納が名乗ったあと、渡辺に問いかける。

「面識はありません。一方的には存じていましたが」

「それは？」

ぶすりと答えた渡辺に、納が問いを重ねる。

「店を買い取る前に調査会社に調べさせました。暴力団でも絡んでいたらと心配になりまして。なので名前と経歴くらいは知っていますが、面識はありません」

「調査会社ですか」

なるほど、と納が頷き、ちらと高梨を見る。高梨は彼に小さく頷き返すと、渡辺に問いかけるべく口を開きかけたのだが、それより前に渡辺が怒声を張り上げた。

「本当に迷惑な話ですよ！　オープン前に殺人事件だなんて！　もうこの店は終わりです！ああ、もう、本当に勘弁してもらいたいですよ」

「渡辺さん、お気持ちはわかりますが、落ち着いてください」

憤懣《ふんまん》やる方なしといった様子の渡辺に、高梨が声をかける。

「落ち着いていられますか。こんな……っ。ああ、もうっ」

尚《なお》も怒声を張り上げる彼を前に、高梨と納はこっそり顔を見合わせたのだが、そのとき背後で、

「いくよ」

という栖原の声がし、ビニールシートに包まれた遺体が担架に乗せられ外へと運び出されていった。

「…………」

青いシートに覆われてはいたが、それが遺体とわかったらしく、渡辺がぎょっとしたように口をつぐむ。栖原は納と高梨に、

「お先」

と笑って手を振ったあと、渡辺を見て、あれ、という顔になった。

「？」

何かあるのか、と高梨は栖原と、彼の視線に気づかず遺体の運ばれていくさまを眺めている渡辺を代わる代わるに見る。と、栖原は高梨の視線に気づいたようで、声を出さず唇を『あとで』と形作ると、にっと笑い立ち去っていった。

「渡辺さん、現場を見ていただきたいんですが」

栖原の後ろ姿を高梨が見送っている間に、納が渡辺にそう声をかけていた。

「何か変わった様子はありませんか？」

「別にないと思います……とはいえ、僕も来るのは一週間ぶりですが」

渡辺がはっと我に返った顔になり、店内をぐるりと見渡す。

「ドアの鍵ですが、当然、前とは変更していますよね？」

「ええ。鍵どころか、ドアごと変えています。前は引き戸だったもので」

相変わらず不機嫌な顔のまま渡辺は答えていたが、ちらちらと遺体の出ていったドアを気にしているように見える、と高梨は密かに彼を観察していた。

栖原の『あとで』も気になるし、もしやこの渡辺、新店舗を殺害現場にされた『被害者』という以上に事件にかかわっているのかもしれないなと思いつつ、高梨はそれまで以上に渡辺の言動に注意を注いだ。

渡辺の話だと、店の鍵を持っているのは、間もなく工事を終えるという内装業者と自分のみということだった。

鍵は全部で三つあり、内二つを渡辺は自分で管理していたが、店の開店と同時に一つを店長に、もう一つを契約する予定だった警備会社に預けるという段取りがついていた。

「今日はその鍵をお持ちですか？」

納の問いに渡辺は「いいえ」と無愛想に首を横に振った。

「経営している飲食店は都内に五つあります。いちいち店の鍵は持っていませんよ」

それぞれ預けています、と言う渡辺が他にどのような店を持っているのか、興味を覚えた

高梨は、

「すみません」

と彼に問いかけた。

「はい？」

「他の店というのはそれぞれどこにあるのですか？」

「え？　ああ」

渡辺は一瞬眉を顰めたが、答えたくない内容ではなかったらしく――逆に自慢であったようで、心持ち胸を張り、すらすらと答えを口にした。

「麻布十番、赤坂、六本木、渋谷、あとは青山です。麻布十番と青山がイタリアン、赤坂と六本木がフレンチで、渋谷が創作和食。新宿は客層を考え焼き肉店にしました。女性同士でも入りやすい、お洒落《しゃれ》な雰囲気というコンセプトだったんですが……」

ここまで自慢げに喋《しゃべ》っていた渡辺は、その『お洒落な雰囲気がコンセプト』な店を当面営業できなくなったことを思い出したようで、忌々しげに舌打ちし口を閉ざした。

「なるほど、渡辺さんのお仕事は外食産業……ということですか」

構わず高梨が笑顔で問いかける。

「いえ、外食だけでなくもう少し手広くやっています」

高梨の予想したとおり、渡辺は虚栄心の相当強い男らしく、またも自慢たらしく胸を張りつつ、ポケットから取り出した名刺を高梨に差し出した。

「ありがとうございます」

両手で受け取りそれを見ると、『Watanabe corporation』という英字ロゴの会社名で、代表取締役の役職と共に渡辺の名が書いてある。

「裏面に我が社の事業内容が記載されています」

渡辺に言われ「失礼します」と声をかけつつ高梨が名刺をひっくり返すと、外食産業の他、不動産関連、IT関連、投資関連に加え、高梨がうっすらと聞き覚えのある、最近流行の通販ブランドの名までが書かれていた。

「これは本当に手広くやってらっしゃいますね」

感心した声を上げた高梨に、気を良くしたらしい渡辺が「いや、それほどでも」と口ばかりの謙遜《けんそん》をしてみせる。

「まだ起業して十年です。今のところ業績は右肩上がりですが、まだまだ、これからですよ」

「十年でこれだけの規模のグループ企業に！　いやあ、凄《すご》いですよ、渡辺さん」

高梨の特技には、おべんちゃらをおべんちゃらと悟らせないというものがあるのだが、渡辺はどんなにわざとらしい世辞をも喜んで聞くタイプのようだった。

「たまたまです。私は運がよかった」

すっかり気持ちのよくなった様子の渡辺は満足そうにそう相槌《あいづち》を打ったが、続く高梨の問いは、彼の機嫌を急降下させるものとなった。

「ところで、この店舗を購入したのは、どなたかのご紹介があったんですか？」

「紹介……ええ、まあ、紹介といえば紹介ですが……」

なぜだか口籠《くちご》もった彼に、高梨と納は何かあるなと察し、軽く目を見交わしたあと、更に突っ込んだ問いをしかけることにした。

「どこかの不動産屋でしょうか？　ああ、でも、渡辺さんも不動産業を経営なさってますから、また別件でしょうかね？」

「……まあ、別というか、そうですね……」

渡辺は一瞬、どうしようかなというように黙り込んだが、すぐ、自分が喋らなくてもわかるだろうと思ったようで、いかにも渋々といった口調で話し始めた。

「金融業者から聞いたんですよ。オーナーの加藤さんが借金苦に陥り、店の売却先を探していると。それで人を介して譲り受けたというわけです」

「……そうですか」

『まともな』金融業者は、顧客の情報を漏洩《ろうえい》などしない。となると、闇金ということになる。

先ほど渡辺は、加藤について調査会社を使って調べたといっていたが、なんのことはない、自分が暴力団関係とつるんでおり、そこから情報を得たのか、と高梨は察した。

「別に今回の件とは関係ないでしょう？」

渡辺がむっとした顔でそう告げたのは、自身に後ろ暗いところがあるためと思われた。が、彼の言うとおり、今回の殺人事件に彼がかかわっているという確証にはなり得ない。同時にかかわっていないという確証もないが、問い詰めるだけの材料もない、と高梨は心の中で溜め息をつきつつ、にっこりと微笑み頷いてみせた。

「そうですね。最後に一つ、お伺いしたいのですが」

「なんでしょう」

渡辺がほっとした顔になり、高梨に問いかける。

「これは皆さんにお聞きしていることなんですけれど、渡辺さん、昨日のちょうど今頃の時間、あなた、どちらにいらっしゃいました？」

「アリバイですか」

またも渡辺はむっとしてみせたが、高梨が、

「本当に皆さんに聞いていますので」

と繰り返すと、不機嫌な顔のまま答えを口にした。

「昨日なら、六本木でクライアントと飲んでました。ミッドタウン内の店です。クライアントの名前も言いましょうか？」

「ああ、お願いします」

アリバイはあり、ということだろうが、渡辺が自ら手を下さずとも、暴力団と関係しているのなら彼らにやらせればすむことである。

そんなことを考えているとはおくびにも出さず、高梨は笑顔で渡辺の告げる店名と同席者の名をメモに取った。

渡辺を帰したあと、高梨と納は現場を検分してから、捜査会議の開かれる新宿署に向かったのだが、道すがら二人の話題は渡辺に集中した。

「うさんくさい野郎だな」

「先入観は禁物やけど、確かにうさんくさいわ」

うん、と高梨も頷き納を見る。

「せやけど、わざわざ新規開店する自分の店で殺人事件を起こさんでもええような気もするわな」

「そうなんだよな。開店したくなかったたっつーんならともかく、とてもそうは見えなかったし」

「あの怒りは演技、ちゃうね」

「あれが演技なら、アカデミー賞もんだろ」

納の軽口に高梨も「せやね」と頷く。

「ヤッちゃん絡み……かな」

「可能性としちゃ、あるよな。ガイシャが闇金に相当借金していたのなら」

あれこれと話し合ううちに二人は新宿署に到着し、すぐの開催となった捜査会議に出席した。

捜査会議ではまず、被害者の身元が発表された。加藤三次は年齢四十五歳、半年前まで遺体が発見されたあの場所でお好み焼き屋を経営していたが、経営難で倒産、今は無職ということと、独身らしく、現在は阿佐ヶ谷のアパートにて一人暮らしということだった。

「借金はかなりあるようで、闇金の取り立てが凄かったと隣に住んでいる学生から聞き込みました。職を探し中だといいつつ、普段は飲み歩いていたという証言も得られています」

発表したのは新宿署の若い刑事で、加藤の部屋にも入った結果、

「物凄い汚《お》部屋でした」

と顔を顰《しか》めた。

「へえ」

思わずここで高梨がそう声を上げたのは、遺体の着ていたスーツこそよれたものだったが、髪型はきちんと整えられていたし、髭の剃《そ》り残しなどもなかったためだった。

人と会う約束だったということか、と一人納得していた高梨の横で、納が挙手し、現在の店のオーナー、渡辺から聞き込んだ話を発表した。

「店を売った金をあてても、借金を返しきれなかったということか」

橋本が頷く横で、高梨の部下である本庁の竹中《たけなか》が挙手する。

「闇金業者が保険金狙いで加藤を殺した……という可能性はありませんか？」

「それは加藤の生命保険を確認してからやね」

高梨も挙手してそう言うと、

「現場周辺の聞き込みの結果、気になる話は出ましたか？」

と室内を見渡し問いかけた。

「目撃情報は今のところ、これといったものは出ていません」

「人通りも多い時間なので、誰かしらは店に入るところを見ていてもよさそうなものですが……」

そう芳しい結果は得られていないとわかると、次は、と高梨は、司会進行を務めている新宿署の刑事課長を見る。課長は高梨に頷くと、

「まずは当日のガイシャの足取り。そしてガイシャ近辺の聞き込みだ。並行して保険金の調査と、闇金業者、それにその闇金業者から情報を得たと思われる渡辺、彼もあたることにしよう」

それでいいか、と目で問うてくる課長に、高梨は、勿論、と頷いた。新宿署の刑事課長がそうも高梨に気を遣うのは、役職の高い本庁の刑事だから、という理由ではなく、共にあたった捜査で高梨が常にその着眼のよさと行動力で迅速な逮捕という結果を残していたためだ

った。

加えてその高い能力を鼻にかけることなく、常に所轄を立てるという謙虚な姿勢に、刑事課長をはじめ新宿署の面々は高梨に対して敬意を表しているのである。

「では、割り振りを決めましょう」

課長の声がけで高梨はいつものように納とペアとなり、被害者加藤と渡辺の繋《つな》がりを洗う捜査が割り振られた。

そのまま解散となったが、高梨は栖原の渡辺に向けた視線が気になったこともあり、納と共に彼のもとへと向かうことにし、電話をかけた。

『今、出先なんだ。よかったら新宿で会わないか？』

栖原にそう言われ、彼と新宿二丁目のゲイバー『three friends』で落ち合うこととなった高梨と納は、すぐに店へと向かった。

「あら、いらっしゃい」

『three friends』というゲイバーを選んだのは、栖原の行きつけの店だから、という理由だけではなく、この店のママ、ミトモが納の情報屋でもあるためだった。あまり流行《はや》っているとはいえない店は、捜査の話をするにはうってつけであり、ミトモもまた寛大にそれを許してくれている。

「まあ、高梨さん、お久しぶりぃ」

語尾にハートマークでもつきそうな勢いで高梨に対してだけ笑いかけるミトモは、一見ハーフのような濃い顔立ちの美貌のオカマである。非常な面食いであり、高梨に対するアプローチはそれは物凄いものだった。

「やだやだ、今日はなに？　プライベート？」

きゃーん、と黄色い声を上げながら、高梨をスツールへと招くミトモに、納が、

「なわけねえだろ」

と冷たく声をかける。

「あら、新宿サメ。あんたもいたの？」

途端に険悪な顔になったミトモがじろりと納を睨んだのに、

「いちゃ悪いかよ」

と納もまた険悪な顔で答えたものの、実のところ納はミトモに請われて店の慰安旅行に同行するほど、二人の仲は良好なのだった。

「あとから栖原さんも来ますので」

「えー、あのエロガッパが？」

ミトモが顔を顰めるのを見て、高梨が戸惑った表情となる。

「え？」

「まあ、人柄はともかく、監察医としての腕は確かなんでしょうから、別にいいんだけど」

そう続けたところを見ると、栖原の『人柄』はそうも悪いのか、と目を見開いた高梨の横で、納が言いづらそうにぼそぼそと言葉を続ける。

「栖原先生、二丁目じゃあんまり評判よくねえんだよ。相手をとっかえひっかえ……てな」

「そうなんや……」

実際、そういった噂も聞いてはいたが、こうも厭うほどとは、と驚く高梨に、ミトモがさも嫌そうな顔のまま肩を竦める。

「あいつには愛情ってもんがないのよ。エロばっか。ほんと、男の敵……ううん、バイだから男女の敵よね！」

納が取りなそうとしている。

「まあまあ、ミトモも別に、直接被害を受けたわけじゃないんだろ？」

納が取りなそうとしているのは、これからこの店へとやってくる栖原から色々と話を聞くのに、ミトモに絡まれては面倒だと思ったためだったが、それを敏感に察したミトモは鬼の形相になり、納に吐き捨てた。

「そりゃ、あたしみたいな年取ったオカマは、直接的な被害なんかないですけどね。あいつにポイされて泣いてる子たちをどれだけ見てると思ってんのよう！」

「……………ミトモさんが泣かされていなくてよかったです……」

ミトモは情報屋などをしていることからもわかるように、面倒見がよくそれゆえ顔も広い。特に自分と同じオカマ、またはゲイに対しては親身になって何かと相談に乗っているらしい

と、高梨は以前、納から聞いたことがあった。

もしや顔なじみのゲイが栖原に非道な振る舞いを受けた等の因縁があるのかもしれない、と察しつつも、今はなんとか怒りを収めてもらおうと高梨はそうミトモに声をかけたのだが、それを聞いたミトモの目はまさに『ハートマーク』となった。

「高梨さん、優しい〜!!」

そんな高い声を上げたかと思うと、カウンターから身を乗り出し、唖然《あぜん》としていた高梨の手を両手で握り締める。

「……俺もさっき、似たようなこと言ったんだけどな」

ぼそりと呟いた納に、ミトモがにやりと笑いかける。

「なに？　新宿サメ、妬《や》いてるの？」

「妬くかよ」

馬鹿らしい、と納が肩を竦めたとき、カランカランとカウベルが鳴り響き、噂の栖原が店内に入ってきた。

「や」

途端に笑顔が消えたミトモに栖原は右手を挙げて笑いかけると、高梨の隣のスツールへと腰を下ろした。

「いらっしゃい」

ミトモが無愛想に答え、振り返って納の入れたボトルを手に取る。

「あれ、僕のボトル、入ってなかった？」

栖原がミトモの背に声をかけると、ミトモは肩越しに彼を振り返り、じろ、と睨んだ。

「この間、空にしたでしょ」

「それなら新しく入れてよ。刑事がどれだけ安月給か、知ってるからね。僕までお相伴にあずかっちゃ申し訳ない」

「まー、開業医はさぞ、儲《もう》かってらっしゃるんでしょうね」

棘《とげ》のある言い方をしつつもミトモは納のボトルを離さず、三人前の水割りを作り始める。

「どうも僕は、彼には嫌われてるんだよね」

栖原がミトモを横目に見ながら高梨に囁《ささや》き、肩を竦める。高梨はどうリアクションをとったらいいかと迷ったものの、まずは事件についての話をせねばと話題を振った。

「栖原先生、今日、現場に来ていた渡辺さん、知り合いですか？」

「やっぱりその件か」

苦笑する栖原の前に、タンッと物凄い音を立ててミトモがグラスを置く。他の二人にはごくごく普通にグラスを置いた彼を見て、栖原は、やれやれ、というようにまた肩を竦めてみせたあと、グラスを手に取り高梨に掲げてみせた。

「まずは乾杯」

「乾杯」

「乾杯」

三人してグラスを合わせる姿を、ミトモがしらけた顔で見つめている。

「ミトモさんも飲んだら？」

栖原が気にして声をかけたが、ミトモは、ぷい、とそっぽを向き、返事をしようともしなかった。

「アキラの件なら、彼だって悪いんだよ？　セフレってことで、お互い納得ずくで付き合ってたんだから」

「ユウキはどうなのよ」

「ユウキにだって、ちゃんと伝えてあるよ。本気になるなって」

「……ほんとにあんたって、嫌な奴よね」

すっかり会話がミトモと栖原の間で交わされていることに高梨と納は顔を見合わせ、参ったな、と笑い合ったあと、

「で、栖原さん、渡辺なんですけど」

と強引に話を振った。

「ああ、悪い。僕、彼の奥さんを解剖したことがあるんだよ」

「え？」

さらりと告げられた内容に、高梨も納も驚き、目を見開く。

「三年ほど前、自宅で彼の奥さんが亡くなったんだ。泥酔して入浴した結果の溺死《できし》で、警察は事件性なしと判断したんだが不審死ではあったんで解剖となった。彼とはそのとき顔を合わせたんだけどね」

「何か印象に残ることとでも？」

だからこそ覚えていたのだろうと思い、高梨が問いかけると、

「うーん」

と栖原は言い淀《よど》み、グラスの水割りを一気に呷った。

「ミトモさん、薄い」

「…………」

グラスを差し出されたミトモは、無言のまま、今度はウイスキーの原液をなみなみとグラスの縁まで注ぐ。

「極端だな」

栖原は苦笑したものの、グラスを取り上げ一気に呷ってみせてから、改めて高梨へと視線を向けた。

「口にするのも憚《はばか》られる、まったくの主観だけれども、彼の取り乱し方がわざとらしく感じられたんだよね」

「……妻を殺害したんじゃないかと思った？」

そういうことだろう、と高梨が確認を取ると栖原は、

「いや」

と首を横に振った。

「解剖した結果、不審な点はまったくなかったし、彼の妻が泥酔して入浴することは結構よくあるという証言も、家政婦や彼女の妹から得られた。渡辺は、言動が大仰だと常日頃からからかわれているということもわかった。海外で三年ほど暮らしているうちに身についたんだそうだ。でも――」

「栖原先生は、違和感を覚えた――ちゅうわけですか」

ぽつり、ぽつりと考え考え喋っていた栖原の発言を最後まで待たず、高梨がそう問いかける。

「まあね」

栖原は頷くと、おかわり、とミトモにグラスを差し出しながら、高梨と納に、少し困ったような顔で笑いかけてきた。

「人の第一印象って、なかなか覆されないじゃない。でも、警察が他殺と判断しなかったってことは、多分僕のその違和感が間違っていたんだと思うよ」

「渡辺は妻が死んだことにより、何か得をしたんですか？　たとえば保険金とか」

話を打ち切ろうとした栖原にかまわず、高梨がそう問いかける。

「保険金は下りたと記憶しているけど、ごくごく当たり前の金額だったような……それに当時、既に渡辺はかなりの財を成していたからね。妻の保険金目当てで殺害を企《くわだ》てるような経済状態ではなかったと思うよ」

もしも多額の保険金が妻にかけられていたとしたら、事件性の有無はしつこく追及されたことだろう。

だが妻殺害の動機は保険金だけではない、と、更に問いを重ねようとした高梨に先回りし、栖原が答える。

「渡辺の周囲に愛人の影は見えなかった。その後結婚したという噂も聞かないよ」

「そうですか……」

痴情のもつれというわけでもないのかと頷いた高梨に、栖原もまた頷き返し、ミトモが少しの愛情もこめずに注いだウイスキーを口に含む。

「……という理由で渡辺に注目してしまったんだ。今回の事件との関連性があるかないかの判断材料になるようなネタじゃなくて悪かったね」

「とんでもない。ありがとうございました」

「わざわざすんません」

高梨と納がそれぞれ頭を下げるのに、

「そういや」

と不意に栖原は悪戯《いたずら》っぽい目になり高梨の顔を覗《のぞ》き込んだ。

「はい？」

「高梨さんの『奥さん』、超美人だそうじゃない。今度、紹介してよ」

「ダメよ。こいつはすぐ、人のモノ欲しくなるんだから」

高梨が答えるより前に、ミトモが冷たくそう答え、じろ、と栖原を睨む。

「なんか今日、特に機嫌、悪くない？」

さすがの栖原もミトモの態度は見かねたようで、そう彼に声をかけ、高梨の『奥さん』の話はそこで終わりとなった。

「渡辺か……」

栖原とミトモが険悪にあれこれ言い合うのを横目にしつつ、高梨がぼそりと呟く。

「気になるか？」

「そういうサメちゃんこそ」

こそりと囁いてきた納に、高梨もまたこそりと囁き返し、二人目を見合わせ頷き合う。

渡辺はこの事件に何かしら関係しているに違いない。そう確信を深めた高梨と納は、明日はまず渡辺に会いに行くことにしようと再び頷き合うと、翌朝からの捜査に備え、相変わらず雰囲気の悪いミトモと栖原を残し、早々に店を辞したのだった。

3

　翌日、高梨はまず警視庁に顔を出してから、納との待ち合わせの場所へと向かおうとしたのだが、席に着く間もなく金岡《かなおか》捜査一課長に、

「ちょっといいか？」

　と会議室に呼び出されてしまった。

「はい？」

　やたらと真剣な表情をしている金岡に続き会議室に入った高梨は、その金岡課長から見せられた紙片を前に絶句した。

『高なし良平、死ね』

　新聞や週刊誌の記事を切り抜いたと思しき文字を目で追ったあと、高梨は、

「これは？」

　と金岡に問いかけた。

「今朝、俺宛《あて》に――警視庁捜査一課長宛に届いた封書だ。この紙片には指紋は一切、ついていなかった。封筒は今、鑑識に回してあるが、出たとしても郵便配達人か、警視庁内の事務

員のものだろう」

金岡は難しい顔をしつつそう告げると、封筒の宛名もまた、新聞や雑誌の文字を切り抜いたものだったと告げた。

「心当たりはあるか？」

「いや、まったく」

実際、『死ね』と言われるような相手は思いつかなかったために高梨は首を横に振ったのだが、問うた金岡自身が同意見のようで、

「だよなあ」

と首を傾《かし》げる。

「悪戯、ちゃいますか？」

高梨としては、今後の捜査についての報告をすぐにも金岡にしたかったため、話題を打ち切ろうとしたのだが、金岡は『悪戯』と捨て置くことはできかねたらしい。

「悪戯にしても、名指しだ。しかも送り主は筆跡も、そして指紋さえも残さないという配慮をしている。これ作る手間、考えると軽くは流せない気がするんだが……」

そう言い、心配そうに高梨を見やる金岡に、

「よっぽど暇やったんでしょう」

と高梨は笑顔で応《こた》えたが、別に彼はことを軽んじているわけではなかった。単に気遣いか

ら上司の心配を退けようとしたのである。

「それより、昨日の件ですが……」

早々に話を打ち切り、歌舞伎町での殺人事件の概要と捜査方針をざっと説明すると高梨は、

「そしたら、行って参ります」

と金岡に頭を下げ、会議室を出た。

「高梨」

その背に金岡が声をかける。

「はい」

「行く前にここ一年二年でお前が逮捕に直接関わった事件、ざっとメモしていけ」

やはり金岡は心配だったようで、そう指示し、頷いてみせる。

「……わかりました」

すんません、と高梨は金岡に頭を下げると、すぐに自席へと戻り、手帳を捲って主だった事件を列挙したが、やはり『死ね』と言われるような心当たりは一つもなかった。

悪戯にしては物騒だが、今のところ特に危害を加えられるなどの被害もないため、様子を見よう、と結論づけると席を立ち、メモを既に席に戻っていた金岡へと渡した。

金岡は、わかった、というように頷くと、竹中を席へと呼びつけた。それを横目に高梨は部屋を出ると、納と待ち合わせた九段下駅へと向かうべく、警視庁を飛び出したのだった。

移動には地下鉄を利用したのだが、適度に混雑した車内で高梨は再び、今見せられたばかりの脅迫状のことを考えた。

『死ね』――恨みから発せられた言葉だろうが、やはり心当たりはない。

この一年二年で、高梨が直接手錠をかけた人間は数十名をくだらなかったが、その中に特に自分を恨んでいそうな相手はどうも思いつかなかった。

ふと、最近の逮捕者ではなく、最近刑期を終えた人間という可能性もあるか、と高梨は気づき、金岡にその旨、携帯からメールを打った。

金岡からはすぐに返事がきて、そちらも調べるということだったが、二、三名、出所したと挨拶にきた人間はいたものの、彼らが自分を恨んでいるとは思えないか、と高梨は一人一人を思い返し、首を傾げた。

逃げおおせると思っていたところを逮捕されれば、逮捕した人間を――警察を恨むことは、まあ、あるだろう。高梨が逮捕した人間の中にも、取り調べの最初のうちには罵詈《ばり》雑言《ぞうごん》を喚《わめ》き立てる者も結構いた。

そういった者たちに高梨は、己の犯した罪の重さをまず悟らせる。罪を犯したのであれば償う必要があるということ、続いて、いくら犯罪者となろうとも、犯した罪を償えば、人生必ずやり直しがきくのだということを彼らが納得するまで説いて聞かせる。

高梨が逮捕し、送検した者たちは皆、裁判で無罪を主張するようなことはなく、素直に自分の犯した罪を反省する姿は裁判官の抱《いだ》く印象をよくした。

刑期を終え、出所した者のうち八割がたは、高梨に出所の挨拶にやってきた。彼らの中に、『死ね』という手紙を送らずにはいられないほど、自分を恨んでいる人物はいないと思うのだが、と高梨が溜め息をついたあたりで地下鉄は乗換駅へと到着し、今はこれから向かう捜査へと集中せねば、と高梨は思考を打ち切ると、半蔵門線に乗るべくホームを駆け出した。


「かんにん」

九段下の駅前には既に、納が到着していた。約束の時間より三分ほど遅れてしまったことを高梨が詫びると、

「どうした？」

普段、滅多なことでは遅刻をしない高梨を心配し、納が問いかけてきた。

「出かける前にちょっとあってな。ああ、事件とは関係あらへん」

ほんま、かんにん、と高梨が納を拝む。

「いや、気にすんな」

納はまだ聞きたそうだったが、高梨に話をする気はないと察したようで「行くか」と歩き

始めた。

「昨夜、ミトモから連絡があった。渡辺って野郎、随分とキナ臭いってよ。叩けばいくらでもホコリが出るんじゃねえかという話だった。ヤクザとも裏で繋がってるそうだ」

「被害者とのかかわりは？」

「それは今のところ、見えてこないと言っていた」

二人話しながら大通りを突っ切り、一本路地を入ったところにある瀟洒《しょうしゃ》なビルの前に立つ。

「儲かってるようだな」

ビルには『Watanabe corporation』の文字があった。間口の狭い五階建てではあるが、どうやら自社ビルらしいと頷き合い、高梨と納は受付へと向かった。

一人ぽつんと座っている受付嬢に警察手帳を見せ、渡辺と話をしたいと告げると、美人の受付嬢はびっくりしながらも、

「少々お待ちください」

とすぐに渡辺に連絡してくれたようだった。

五分もしないうちに渡辺がエレベーターから下りてきて、愛想よく高梨らに笑いかけてきた。

「お待たせしました。どうぞこちらへ」

パーティションで区切られたスペースに、打ち合わせ用のテーブルと椅子が何組か置いてある。どうやら来客はここでこなすのだなと高梨が察したのは、先ほどの受付嬢がコーヒーを淹《い》れて持ってきたからだった。

「もういいよ」

彼女がサーブし終えると渡辺は笑顔でそう声をかけ下がらせたのだが、受付嬢の姿が消えたと同時に彼の顔から笑みが消え、いかにも不機嫌そうな表情で高梨に話しかけてきた。

「どういったご用件です？　事前に電話の一本も入れていただけると助かったんですがね」

これでも忙しい身ですし、とむっとしたまま続ける彼に、まず高梨が、

「大変失礼しました」

と丁重に頭を下げ、それに納も続く。

「で、ご用件は？」

あくまでも不機嫌さを貫き渡辺が問いかけたのは、おそらく、事情聴取の時間を短縮するためだろう、と高梨は察していた。

『叩けばホコリが出る』身ゆえ、あれこれと突っ込まれたくないのだろう。しかしその『突っ込まれたくないこと』が今回の事件と関係あるかないかはわからんな、と思いつつ、高梨はあくまでも低姿勢のまま問いを発した。

「昨日仰《おっしゃ》っていた、調査会社の調査の件です。差し支えありませんでしたら、調査結果を

見せていただけないかと思いまして」

「ああ、それでしたら捨てました」

高梨の言葉が終わるか終わらないかのうちに渡辺はそう言うと肩を竦めてみせた。

「捨てた？」

思わず納が身を乗り出し問いかける。

「ええ、捨てました。売買契約が成立した段階でもう必要ないものでしたから」

もういいですか、と渡辺が立ち上がろうとする。彼が完全に席を立つより前に高梨が問いを発した。

「どちらの調査会社にご依頼になったか、教えていただけますか？」

「知人の紹介です。迷惑をかけたくないので教えたくありません」

吐き捨てるようにそう言い、渡辺がまた立ち上がりかける。

「それでは覚えてらっしゃる内容を教えていただきたいのですが」

またも高梨が問いを発することで渡辺の注意を引いた。

「殆《ほとん》ど覚えちゃいません。闇金に一千万近く借金があり、毎日ヤクザの取り立てに悩まされているとか、そのくらいです」

「それであの店を売らないかと声をかけた……しかしなぜそれまで加藤さんは借金返済のために店を売らなかったんでしょう」

「知りませんよ。そんなこと。ヤクザが暴れ出すより前は、あの店、結構流行っていたんで、売り上げで返済しようとでも考えていたんでしょう」

今度こそ、と渡辺が席を立つ。高梨もまた同時に立ち上がると、

「最後に一つだけ」

とにっこり笑いつつじっと渡辺の目を見つめた。

「なんです？」

いい加減にしてほしい、という態度を崩さず、渡辺が問い返す。

「取り立てていたヤクザの名前、覚えていませんか？」

「覚えていません」

取り付く島がないとはこのことか、と言わんばかりの口調で渡辺はそう言うと、

「失礼します」

と声をかけ、その場を立ち去ろうとした。

「またお時間いただくかもしれません」

その背に高梨が声をかける。と、渡辺はぴたりと足を止め、凶悪な顔で振り返った。

「勘弁してください。そもそも私は被害者だと思っています。新店舗が開店できなくなるかもしれないだけでも大変な痛手だというのに、その上、警察が会社に出入りするなんて、これ以上、営業妨害をする気ですか」

「別に営業妨害など、するつもりはありません」

とんでもない、と目を見開く高梨に渡辺は、

「ともかく！」

と怒声を張り上げた。

「私は何も知りません！　正直、迷惑です！　もう二度と会社に来ないでください！」

一方的に言いたいことだけ言うと、渡辺は「ありがとうございました」と高梨が声をかけたのを完全に無視し、パーティションの向こうへと消えていった。

「帰ろか」

高梨が笑って納を誘い、受付へと向かう。

「あ、ありがとうございました」

閉ざされた空間で話していたわけではないので、受付嬢の耳にも渡辺の怒声が響いていたらしい。高梨が笑顔で会釈をすると、バツの悪そうな顔になりぺこりと頭を下げて寄越した。

「ああ、すみません、少し、よろしいですか？」

高梨が足を止め、受付嬢に問いかける。

「あ、あの……」

あからさまに困った、という顔になった彼女に高梨は、

「ああ、そない、硬くならんといてください」

と、笑顔になると、精悍《せいかん》なその顔に見惚《みと》れたらしい受付嬢に問いかけた。

「渡辺社長やけど、いつもあんな感じなんやろか？」

「あんなって……怒りっぽいということでしょうか？」

フレンドリーに問いかける高梨に対し、受付嬢は一瞬面食らった顔になったものの、すぐにそう問い返してきた。

「怒らせたのは僕やけど」

苦笑した高梨に受付嬢もまた苦笑する。

「いつもは人当たりのいい方です。でも、怒らせると怖い、とも言われてます。実際、怒ったところは私も今くらいしか見たことないんですけど」

「怖かった？」

怒ると怖いのなら、今の渡辺をどう思ったのか、と高梨が問うと、受付嬢は、あはは、と笑ったあとに、慌てて表情を引き締め、

「……どうでしょう？」

と当たり障りのない返事をした。

「怖いというのは、たとえば査定に響くとか、そういう感じ？」

尚も問いかける高梨を前に、受付嬢はどうしようかなと一瞬迷ってみせたあと、

「噂なんですけど」

と声を潜め、早口でまくし立てた。

「ヤクザが出張ってくるからって。ウチの社長、黒い噂が結構あるんですよ」

こそこそとそう告げた彼女は、自分は派遣社員で間もなく契約が切れるゆえ、継続はしないことにしようと思っている、と話を結んだ。

「おおきに」

彼女は社長に関する具体的な『黒い噂』について、何も知らなそうであるという判断のもと、高梨は聞き込みをそこで打ち切ると、愛想よく送り出してくれた受付嬢に会釈し渡辺の社をあとにした。

ビルを出ると二人はもう少し渡辺を探るべく、エントランスが見える物陰へと姿を隠した。

「ヤクザとの繫がりは、ほんまにあるみたいやな……どこの組やろ？」

「ミトモに調べさせているから、今夜にもわかると思う」

納の言葉に高梨が「さすがミトモさんや。頼りになるな」と笑う。

「『さすが』はお前だろうよ」

納がそう漏らしてしまったのは、高梨の女性の扱いにほとほと感心していたためだった。

「え？」

だが不思議そうに目を見開いているところを見ると、本人、その自覚がないのか、と半ば呆れつつも納は高梨に、何を『さすが』と感心したかの説明を始めた。

「美人の受付嬢相手にべらべら喋らせる手腕はさすがだな、と言いたかったんだよ」

「なるほど、サメちゃんは、彼女みたいなタイプが好みやっちゅうわけか」

「はあ？　なんで俺が……っ」

納としては揶揄《やゆ》したつもりだったのだが、逆にからかわれたと気づき、むっとする。

「男にも女にもモテるのはいいが、嫁さん、泣かせんなよ」

「泣かせるわけないやろ」

あはは、と高梨にさも当然のごとく笑われ、更に納はむっとしたものの、同時にそりゃそうか、と納得もしていた。高梨がどれほどの『愛妻家』であるかを常に目《ま》の当たりにしているためである。

「しかし、派遣社員の受付嬢の耳にもヤクザと通じてるいう噂が入っているとなると、あの渡辺、相当ヤバい男に違いないわな」

すぐに話題を事件へと戻した高梨に、納もまた「そうだな」と頷き返す。

「まあ今回の件にかかわっとるかはわからんけど……結局は渡辺は損害を被っとるわけやし」

「ああ。あの店を開けたくない理由でもありゃ別だが」

そんな理由は思いつかない、と二人して顔を見合わせ首を傾げる。

「……ま、ともかく、渡辺と加藤の繋がりを追わんとな」

悩んでいても仕方がない、と高梨が納の背を叩く。

「繋がりがあるとすりゃあ、渡辺がつるんでるというヤクザ絡みか」

「そのヤクザが加藤の取り立てをしとった団体と同じ——ちゅう、絵に描いたような展開はまあ、望めへんやろうけど、どこでどうかかわっとるか、わからんしな」

納の言葉に高梨は微笑み頷くと、まずは加藤のところに頻繁に来ていた取り立て屋をさぐるべく、活動を開始したのだった。


時刻は高梨が田宮の『いってらっしゃいのチュウ』に送られ、アパートを出ていった直後まで遡《さかのぼ》る。

高梨を送り出したあと、その日は新宿の取引先に直行だった田宮は、アポイントメントが十時であったこともあり、洗濯等の家事に勤《いそ》しんでいた。

九時過ぎにドアチャイムが鳴ったのに「はい」と声をかけてドアを開くと、ちょうど宅配便の制服を着た青年が背を向けて去ろうとしているところだった。

「あの、すみません」

いつも不在にしているのでチャイムだけ鳴らしてみたのだろうと察しつつ、田宮が呼び止めると、宅配業者ははっとしたように振り返り慌てて駆け戻ってきた。

「す、すみませんでした！　てっきりお留守かと思いまして……っ」

顔を真っ赤にして頭を下げてきた宅配業者は、まだ十代の少年に見えた。

「いえ、気にしないでください」

いつもいませんし、と田宮は微笑み、差し出された荷物の箱を受け取った。中身は自分がインターネット経由で購入した書籍だろうと察し、受け取りにサインをする。

「ありがとうございました！　申し訳ありませんでした！」

深く頭を下げ、駆け去っていく少年の背に、田宮もまた「ありがとうございました」と声をかけると、少年は足を止め、くるりと振り返ってまた頭を下げて寄越した。

少女のような可愛い顔をしているな、と思わずその顔に注目する中、少年は可愛いその顔を真っ赤にし、そのまま駆け去っていった。

顔だけではなく、体型もまた、少女のように華奢だった。身長は百六十センチを少し越えるくらいで、あんな小さく細い身体で、重い荷物など持てるのかな、と田宮は一瞬首を傾げたが、余計なお世話かと気づいて一人苦笑した。

そのとき、隣の部屋の扉が開き、

「あ、おはようございます」

と眠そうな顔をした青年が顔を出した。

「おはようございます」

挨拶を返した田宮に、青年が親しげに話しかけてくる。

「あれ、田宮さん、今日、会社休みですか？」

「いや、今日は直行なんです。間もなく出ます」

田宮もまた親しげに答えたものの、実を言うと、二週間ほど前に隣に越してきたこの青年の馴《な》れ馴《な》れしさには少し戸惑いを感じてもいた。

聞けば近所の大学に通う学生で、名は福井《ふくい》というらしい。同居していた家族の転勤のため、一人暮らしをすることになったとのことだった。

ゴミ捨てなどの際、顔を合わせることが多いのだが、もともと人懐っこい性格なのか会えば必ず話しかけてくる。

田宮も人付き合いが悪いほうではないのだが、今まで他のアパートの住民とは、挨拶程度はするものの――中には挨拶すらしない若者もいたが――こうして積極的に話しかけられたことも話しかけたこともなく、今時の若い子にしては珍しいなと思いつつ接していた。

高梨に福井の話題を振ったことがあるが、高梨は未だに一度も顔を合わせたことがないということだった。

「ごろちゃん、気ぃつけや」

それだけ愛想がいいのは、気があるからではないか、と、いつもの嫉妬《しっと》心丸出しの発言をする高梨に、田宮もまた、いた。

「馬鹿じゃないか」

とお約束の言葉で応えたのだが、高梨はそれでもしつこく「気ぃつけや」と注意を促していた。

そんなことを思い出しつつ田宮は、

「それじゃ」

と笑顔で頭を下げ、「それじゃまた」と同じく笑顔で応える福井の声を聞きつつ玄関のドアを閉めると、荷物を机の上に置き、出かける支度を始めた。

それから三十分後に田宮は家を出ようとしたのだが、そのときちょうど福井も出かけるらしく、玄関の鍵を閉めていた。

「どうも」

今日はよく会うな、と思いながら会釈をして田宮が行き過ぎようとすると、

「偶然ですね」

と福井も笑い、田宮のあとについて歩き始めた。

「駅ですか？」

「はい」

「僕もこれから講義なんです」

外付けの階段を下りながら、田宮の背に話しかけてきていた福井は、当然のように駅まで

の道を並んで歩き始めた。

「田宮さんの勤め先って、T通商でしたっけ。リクルートは同業他社と一緒ですか？」

そう話題を振られた田宮は、なるほど、就職活動に興味があったのかと察し、知る限りの情報を与えてやろうと頭の中でざっと考えをまとめた。

「そうですね。そろそろOBに話を聞きに三年生が来始めた頃かな。とはいえ、以前のようにOB訪問しても就職活動に直接有利になるわけじゃないんだけど」

「僕も三年にあがったらすぐ、企業を回るべきかなあ」

田宮の話を最後まで聞かず、福井がまた問いかけてくる。

「業種によるんじゃないかな。どういう業種を希望しているの？」

福井の言葉がフレンドリーになったため、田宮もまた少し砕けた口調で問いかけると、

「具体的にはまだ……」

と福井は言葉を濁したあと、ちら、と田宮を見た。

「なんです？」

もの言いたげな視線が気になり問い返すと、

「なんでもないです」

と福井が慌てて目を逸らす。

「？」

首を傾げた直後、田宮は、もしや福井は就職の斡旋《あっせん》をお願いしたかったのかなと気づいた。自分にそんな力はないとはいえ、最近入社した若手をOB訪問のために紹介してやることくらいはできると思い、そう告げようとしたのだが、

「ところで田宮さん、お笑いとか見ます？」

と、福井のほうで話題をまったく別のものに変えたため、その機会を逸した。

それから二人は、どうということのない会話を交わし、駅に到着したあとには目的地が逆方向だったので改札を入ったところで別れた。

「いってらっしゃい」

福井に見送られ、田宮もまた「いってらっしゃい」と笑顔を向けたのだが、それを見た福井は一瞬はっとした顔になったものの、すぐに目を逸らしそそくさと立ち去っていった。

「？」

どうしたのかな、と首を傾げたが、ちょうど地下鉄がホームに入ってきたため田宮の意識はそちらへと向かい、それ以降、福井を思い出すことはなかった。

愛する人に不穏な手紙が届いていることなど知る由もない彼は、地下鉄に揺られながら、昨夜の呼び出しに加え今朝も慌ただしく家を出ていった恋人を——高梨を思い、捜査中の事件が一日も早く解決しますようにと祈っていた。

4

聞き込みを終え、夜遅い時間に警視庁へと戻ってきた高梨を待っていたのは、厳しい顔をした金岡課長だった。

「……課長？」

もしや、と思いつつ問いかけた高梨の前に、金岡が一枚の紙片を差し出す。

『高なし良平を殺す』

またも、新聞や雑誌の文字を切り抜いて作られた手紙を前に、高梨は一瞬言葉を失ったがすぐに笑顔になると、

「またですか」

かないませんなあ、と課長の前でおどけてみせた。

「ふざけている場合じゃないぞ」

金岡が更に厳しい顔になり、紙片を周囲にいた部下たち全員に示す。

「マスコミにも届いているそうだ。報道は抑えさせたがこれを送ってきた人間は何かしら、ことを起こすつもりだろう」

「一体誰がこんなことを……」

高梨の傍にいた山田《やまだ》が、憤懣やる方なしといった表情で呟く。

「ここ数年で警視が直接逮捕にかかわった人間と、それから最近釈放された人間をチェックしましたが、それらしい人物は浮かび上がってきませんでした」

山田の横から竹中がそう報告し、彼が抽出したと思しきリストを高梨に手渡してきた。

「忙しいときに悪かったな」

かんにん、と謝る高梨に、

「警視が謝ることじゃないですよ」

と竹中は憤った声を上げたあとに、高梨の前で頭を下げた。

「すみません、お役に立てず……」

「それこそ、竹中が謝ることとやないやろ」

高梨が笑って竹中の肩を叩き、彼が作成したリストに目を通す。

「どうだ？　何か思い当たること、ないか？」

金岡が、そして山田や竹中、それに他の一課の面々が注目する中、高梨はリストを捲っていった。

逮捕した者の中には、捕まりたくないとかなり抵抗した人間もいたが、送検される頃には皆己の罪を悔いていた。

彼らの中に、自分への個人的恨みを抱いているような人物はいなかったと思うのだが、と考えながらリストを捲り終えた高梨に金岡が再度問いかける。

「どうだ？」

「……やはり、これといった心当たりはありません」

「だよなあ」

問いつつも、金岡もまた同意見だったようで、うーん、と唸《うな》り首を傾げた。

「犯人絡みじゃないんでしょうか」

「アホ、それじゃ警視がプライベートで個人的恨みを買うとでもいうのかよ」

竹中の発言に山田が突っ込む。

「いや、そういうわけじゃ」

慌てる竹中を高梨はふざけて、

「そういう目で見てたんか」

と弄《いじ》ったあと、「これ、借りててええか？」とリストを彼に示した。

「あ、それ、警視用にコピーしたやつなので、どうぞ」

竹中が神妙な顔で頷き、心配そうに問いかけてくる。

「僕も警視のことを近くで見る機会が多いですが、やはり今まで逮捕した犯人や、勿論プライベートででも、恨みを抱かれるような場面には出くわしたことがありません……やはり、これは逆恨みじゃないかと思うんですが、ここ最近、何か身の回りに変わったことはありませんでしたか？」

「そうだな。最近関わった事件関係ではどうだ？　ああ、それから、仕事絡みではなく、最近出会った人間とか」

横から金岡も問いかけてきたが、考えてみたもののやはり高梨に心当たりはなかった。

「最近、捜査絡み以外で新たに会うた人間はいないと思いますし、捜査のほうでも、別に……」

そこまで答えかけた高梨は、まあ、彼ではないだろうと思いつつも、

「捜査といえば」

と、ここで、それまで自分と納で聞き込んできた、今現在かかわっている捜査の状況を説明し始めた。

「現場となった店の新オーナーの渡辺と被害者の加藤の繋がりは今のところ見えてきていませんが、この渡辺がどうも気になります。確証は得られていませんが、事件にも関係しているんじゃないかと思えて仕方がないんですわ」

「お、高梨お得意の『刑事の勘』だな」

金岡は茶化したが、実際、高梨の『勘』が今まで事件解決の糸口になってきたケースが多いことから絶大なる信頼を寄せていた。

「その渡辺って奴が、この手紙を出した可能性はありますかね」

竹中がはっとした顔になり、『殺ス』と書かれた紙片を見やる。

「いや、脅迫状が届いた日以前に、渡辺と会うたことはないさかい、それはないわ」

高梨に即答され、竹中は「あ、そうでしたね」と少しバツの悪い顔になった。

「まあ、普通に考えて、開店間際の店を現場に選ぶことはないとは思う……開店できへん理由でもあったんやないかと、それを明日、サメちゃんと一緒に探る予定です」

「わかった。今のところこれといった目撃情報もなく、凶器も限定できていない状況だ。明日からも皆、気を入れて頼む」

金岡が締めたのに、一課のメンバーたちは皆「はい」と答えると、その日は解散となったのだが、帰宅しようとした高梨の背に、竹中が、

「あの」

と声をかけてきた。

「なんや？」

背後にいたのは竹中ばかりでなく、彼とは同期の山田も神妙な顔をして控えていた。問い返した高梨に二人は顔を見合わせたあと、意を決したように、

「あの、これからちょっと、飲みませんか？」

と問うてくる。

「……ええけど？」

高梨が首を傾げたのは、常日頃から竹中や山田とは誘い誘われよく飲んでいたためだった。何を改まって、と思いつつも了解すると、竹中と山田は再び顔を見合わせ頷き合ってから、

「それじゃ、いきましょう」

と、高梨を、よく皆で飲みに行くことが多い神保町のラーメン屋へと連れていった。

この店を高梨らが気に入っているのは、三階が小さな個室となっており、たいがいそこに通されるためだった。

個室といっても、よほど店が混雑したときしか開放していない部屋なのだが、店主が金岡課長の知人ということで、部下が行くと必ず個室に上げてくれる。会話の内容から、刑事だと知られることはあまり望ましくないゆえ、気を遣ってくれているらしい。

今日も「お世話になります」と店主に声をかけ三階に上がったあと、高梨は竹中と山田を前に座ると、

「どないしたん？」

と問いかけた。

「あの……」

竹中は暫《しばら》く、どう話を切り出そうかと迷いもじもじしていた様子だったが、やがて意を決した顔になると、

「あの！」

と一段と高い声を出し、高梨を真《ま》っ直《す》ぐに見つめてきた。

「なに？」

「こんなことを聞くのはどうかと思ったんですが、やはり気になりまして」

「だからなんや」

言いにくいのなら、飲みや、と高梨がビールを竹中の前に置いてあるグラスに注ぐ。

「あ、すみません、自分が……っ」

慌てて山田が手を出そうとするのを「ええて」と高梨が笑って制したそのとき、ようやく思い切りがついたらしい竹中が口を開いた。

「あの、気を悪くされることを承知で言わせていただきます」

「なんや、それ」

高梨がおどけてみせたのは、竹中の口を滑らかにするためだったのだが、続く彼の言葉を聞いた瞬間、高梨の頬から笑みが消えた。

「……あの脅迫状、もしかしてごろちゃん絡み……ということはないでしょうか」

「……なんやて？」

問い返したと同時に、その可能性をまるで考えていなかったことに気づき、絶句した高梨に、竹中がおずおずと言葉を続ける。

「ごろちゃん、今までストーカー被害とかに遭ってたじゃないですか。今回の件も、もしかして、ごろちゃんに横恋慕した何者かが警視を逆恨みして、それでこんな脅迫状を出してきたという可能性もゼロじゃないかと……」

決して、ごろちゃんに非があるというわけではなく、あくまでも『横恋慕』です、と繰り返す竹中に、ようやく平常心を取り戻した高梨は、

「せやね」

と笑ったが、彼の頬は引き攣《つ》っていた。

「……やっぱり、不快……でしたよね？」

すみません、と竹中と山田が高梨の前で深く頭を下げる。

「いや、不快やないよ。なんでその可能性を考えなかったんか、と自分に呆れとっただけや」

実際、高梨の言葉に嘘はなかった。『死ね』『殺す』という脅迫状を見た際、自分の頭に浮かんだのは事件のことのみであったことを、高梨は深く反省していた。

田宮に好意を寄せている何者かが自分の存在を知り、殺したいほど憎らしく思うという可能性はある。田宮への思いが強ければ恨みに発展することもあるだろう。

危害を加えようとしている対象が自分に向いているうちはいい。だが、いつ田宮自身に害が及ぶかわからない。

そう思うと高梨は居ても立ってもいられなくなった。

「かんにん。これから家、戻ってごろちゃんに確かめるわ。なんや最近、変わったことはないかて」

唐突に立ち上がった高梨に倣い、竹中と山田も立ち上がる。

「可能性としては低いと思うんですが、僕らもごろちゃんが心配で……」

「なんかわかったら、すぐ連絡ください。速攻捜査にあたりますんで」

「おおきに」

真摯《しんし》な瞳でそう訴えかけてくる二人の肩を高梨は笑顔で順番に叩くと、内ポケットから財布を取り出し一万円札を机上に置いた。

「そしたら、また明日な」

「警視、いいですよ」

「ビール一口しか飲んでないやないですか」

竹中と山田が、慌てて声をかけるのに、

「ええて」

と高梨は笑うと「それじゃ」と言葉を残し、個室を出た。そのまま階段を駆け下り、あまりの勢いに唖然としていた店主に「また寄らしてもらいますわ」と声をかけて外に出る。

すぐにやってきた空車のタクシーを停め、後部シートに乗り込み「東高円寺」と行き先を告げる。焦る必要はない、そう自分に言い聞かせても、逸《はや》る気持ちを抑えることはできなかった。

もしも田宮の身に危険が迫るようなことがあれば——右手の拳《こぶし》で左の掌《てのひら》を殴る、高梨の表情は酷く厳しいものになっていた。

「あ、あの、何か……」

怒りの原因が自分にあるのではないかと案じた運転手に問いかけられ、高梨は我に返ると、

「ああ、すんません」

と笑顔を作り、胸元にあった手も下ろした。

「道、どうしましょう」

おずおずと尋ねてくる運転手に「任せます」と答えたあと、やはり、と身を乗り出し運転席の背をつかむ。

「すんません、やっぱり高速、乗ってもらえますか？」

「あ、はい、わかりました」

一刻でも速く田宮のもとに戻りたい。そして無事を確認したい。そうも無事を確認したいのなら、電話をかければいいのでは、という当然のことにも気づかず、渋滞の始まった高速道路を進みながら高梨は、じりじりする気持ちを必死に抑え込もうとしていた。

高梨がタクシーの中で渋滞への苛立《いらだ》ちを募らせていたちょうどその頃、田宮は自宅近くの路上にいた。

「いやあ、今日の商談、うまくいきましたねえ」

帰路につこうとしている田宮は一人ではなかった。会社の後輩、富岡雅己《とみおかまさみ》が共に訪問した客先を出たときからぴたりとくっついて離れず、田宮の自宅近所までついてきてしまったのだった。

富岡は田宮の二歳年下の二十八歳、院卒四年目であり、部内では最も能力が高いと評判の若手である。

容姿も整っており、運動能力も高い彼は、社内外を問わず女性からの人気が高い。かつては『合コンキング』という二つ名を持っていた彼自身、女好きを公言して憚らなかったのだが、あるときからぴたりと合コンに参加するのをやめてしまった。

その『あるとき』が、彼が田宮への恋心を自覚した瞬間だそうで、自覚した途端、何事にも積極的にアプローチすることをモットーとしている彼は、田宮に対し猛烈なアタックを開始した。

社内で噂になるほどのおおっぴらな求愛を続ける彼は既に、田宮には高梨というパートナーがいることを承知している。承知して尚、諦《あきら》めることはできないと不屈の闘志を見せ、日々積極的に誘いをかけてくる富岡を、田宮は正直持て余していた。

富岡が、箸《はし》にも棒にもかからないような人物であれば、田宮もぞんざいに扱うのだが、ナイスガイを絵に描いたような男なだけにそうもできないでいる。

今日も、客先で粘ること二時間、なんとかものにできた成約を祝おうと、しつこくあとをついてきた彼に、ほとほと困り果てつつ、田宮は、

「もうウチだから。それじゃな」

と冷たく帰そうとしたのだが、その程度では富岡は負けなかった。

「家で飲むんでもいいですよ。田宮さんの手料理なんて振る舞われたらもう最高だし」

にこにこ笑いながらそう告げる彼に、

「手料理なんて振る舞うわけないだろ」

と更に冷たく答える。

「もう、帰れよ」

「えー、祝杯、上げましょうよ」

富岡が尚も粘るのに、

「しつこいって」

と田宮が声を荒立てたそのとき、前方で物凄い音がしたものだから、田宮も、そして富岡

も驚き、視線をその方へと向けた。

「あー、やっちゃってますね」

富岡がそう呟いたのは、彼らの視線の先で、宅配業者の制服を着た若者が、宅配物を積載している箱形のワゴンをひっくり返してしまっていたためだった。

どうやら積もうとしていた荷物が大きく、その上重すぎたようで、それをワゴンに積もうとした際に、ワゴンごとひっくり返してしまったものと思われる。

「あ」

路上にばらまかれた荷物を慌てた様子で拾っている男の顔が街灯に照らし出される。今朝の美少年だ、と気づくと同時に田宮は駆け出していた。

「田宮さん？」

富岡も田宮のあとを追いかけてくる。

「大丈夫ですか」

倒れたワゴンを起こしてやりながら声をかけると、美少年は、はっとしたように田宮を見上げてきた。

「あっ」

酷く驚いた顔になったことに、ちらと違和感を覚えたものの、いつ車がくるかわからない路上であるので、急いで荷物を拾ってやる。

「ああ、それ、僕が持ちますよ」

美少年が格闘していた重そうな荷物を、富岡が横からひょいと持ち上げる。まずそれをワゴンに積んだほうがいい、と田宮がワゴンを押さえ、富岡が中へと入れた。

「す、すみません」

慌てて詫びる少年に「いいから」と田宮と富岡は笑顔を向けると、それより、と路上に散らばっている荷物を拾い始めた。

「あー、これ、やばくないかな」

富岡が困った声を上げつつ取り上げたのは、運悪く路上にできていた水溜まりの中に落ちてしまった封書だった。

「あっ」

少年が真っ青になり富岡に駆け寄っていく。

「……どうしよう……」

富岡から封書を受け取り、着ていた制服に封書を擦《こす》りつけ汚れをとろうとしたが、しっかりと濡《ぬ》れてしまっている上に泥の汚れは広がる一方だったので、田宮は、

「擦らないほうがいいよ」

と声をかけ、少年の手から荷物を取り上げた。

「す、すみません……」

ポケットから取り出したハンカチで押さえるようにして水気を取ろうとしたが、汚れはやはり取れない。ふと宛先を見ると、隣の部屋の福井の名が記されていた。

「ああ、さっきの激重の荷物と同じ人宛ですね」

横からひょいと覗き込んできた富岡がそう声をかける。

「……あ、謝ります……」

そう言いながらも真っ青になっている少年が可哀想になったこともあり、また、富岡をして『激重』と言わしめる荷物を持って外付けの階段を上がることは、この少年には無理なんじゃないかと考えたこともあり、お節介と思いつつも田宮は、

「一緒に行ってあげるよ」

と少年に声をかけた。

「……え？」

少年にとってはまったくの想定外の発言だったようで、驚いたように目を見開いている。

「この福井さんって人、隣の部屋で顔馴染みなんだ。だから一緒に謝ってあげるよ」

「そ、そんな……いいです」

慌てた様子でぶんぶんと首を横に振る少年の表情から、彼が自分の申し出を迷惑と思っているわけではなく、恐縮しているだけだと察した田宮は、

「遠慮しないで」

と笑うと、ワゴンから重い荷物を取りだそうとした。と、それより先に富岡がワゴンに頭を突っ込み、

「よいしょ」

とダンボール箱を取り出す。

「富岡」

「肉体労働は僕がしますよ」

さあ、行きましょう、と富岡が先に立って歩き始めたのを見た少年が、

「あのっ」

と慌てて彼を追いかけ、そのあとに田宮も続いて、結局三人して三階にある田宮の隣の部屋の前まで向かうことになったのだった。

「あ、いるみたいですね」

安普請のアパートゆえ、ドアの外からも室内の人の気配を感じる。富岡の言葉に田宮が頷き、少年を見ると、少年は、思い詰めた顔をしつつも頷き、ドアチャイムを押した。

「はーい」

どたどたと駆けてくる足音がし、ドアが開く。

「あれ、田宮さん？　どうしたんです？」

いきなり三人もの人間にドアの前に立たれ、戸惑った声を上げた福井は、Tシャツにジー

ンズといった姿だった。

「あ、あの……っ」

田宮が挨拶するより前に、宅配業者の少年が高い声を上げる。

「え？」

問い返した福井の前で少年は、

「申し訳ありませんっ」

と叫ぶようにして詫び、深く頭を下げた。

「え？　なに？」

戸惑う彼に田宮は事情を説明しようとしたが、重い荷物を持っている富岡が気の毒かと気づき、

「あの、あの荷物とこの封筒が福井さん宛に届いたんですが」

と、目で富岡の抱えているダンボールと、自分が持ったままになっていた封書を示した。

「これ、中置いちゃっていいですかね」

富岡が福井に問いかけ、戸惑いながらも福井が「はい」と頷く。

「失礼します」

福井が横に退いて開けたドアの間から富岡が荷物を運び入れている間に、田宮は封書を福井へと差し出した。

「汚れてしまったそうなんです。さっきのあの荷物が思いの外重かったので、扱いかねてしまったようで……」

すみません、と田宮が封書を差し出すと、福井は、

「あー」

と困った声を上げたものの、すぐに中を開き、

「ああ、大丈夫です」

と田宮に笑顔を向けてきた。

「中の書類は汚れてなかったし」

ほらね、と、クリアファイルに入っている書類を取りだし、示してみせる。

「本当に……申し訳ありませんでした」

深く頭を下げて詫びる少年にも福井は、

「別にいいですよ」

と笑い「サインでいいですか？」と声をかけた。

「あ、はい」

少年が慌てた様子でポケットから伝票を取り出す。二枚の伝票に福井はサインをすると、

「はい」

と少年に渡したあと、恐縮して何度も頭を下げていた少年から視線を田宮へと移した。

「ところでどうして田宮さんが？」

「あ、いえ、ちょうど居合わせたものですから」

不思議そうに問いかけてきた福井にそう答えると、福井は、

「へえ」

と、納得できない顔をしつつも、今度は視線を、ちら、と富岡へと向けた。

「どうも。田宮さんの『最も仲の良い』同僚の富岡です」

富岡がきっちりとその視線を受け止め、にっこりと、それは見惚れるような笑みを浮かべつつ福井に挨拶する。

「……はあ」

「富岡、馬鹿言ってないで帰れよ」

まったく、何を言ってるんだか、と呆れた田宮は富岡を睨むと、

「それじゃ」

と福井に頭を下げた。

「あ、はい」

福井が訝《いぶか》しげな顔をしながらもドアを閉める。と、それまでじっと項垂《うなだ》れていた少年が顔を上げ、田宮と、そして富岡に対し、深く深く頭を下げた。

「本当にどうもありがとうございました!!　助かりました!!」

「いや、本当にただのお節介だから」

そんなに謝らないでくれ、と田宮が笑って少年の肩を叩く。と、少年がびくっと身体を震わせ、田宮を見上げたものだから、少し気易すぎたか、と田宮は反省し、

「ああ、すみません」

と慌てて詫びた。

「ちょっと馴れ馴れしかったですね」

「いえ！　そんな!!」

苦笑した田宮の前で、少年が慌てたようにぶんぶんと首を横に振る。可愛いなあ、と微笑ましく思いつつも田宮は、

「配達、遅くまでお疲れ様。頑張ってくださいね」

と彼の労をねぎらった。

「本当にありがとうございました」

少年は一瞬、泣きそうな顔になったあと、またも深く頭を下げ、くるりと踵《きびす》を返して階段を駆け下りていった。

「腕力なさそうな子だけど、大丈夫でしょうかねえ」

外付けの階段を下りるカンカンという彼の足音を聞きながら、富岡が肩を竦める。

「時給がいいのかもしれないけど、肉体労働系はあの子に向かないんじゃないかなあ」

「……余計なお世話だけど、そうだよな」

同じことを考えていたので田宮は富岡の言葉に頷いたのだが、彼が先に立ち自分の部屋の前へと進んでいこうとするのには「おい」と背後から肩を摑んで足を止めさせた。

「それにしても田宮さん、優しいですねえ」

田宮の言わんとすることをするっと無視し、富岡が肩越しに振り返り笑いかけてくる。

「ますます惚《ほ》れちゃうな」

「……人前でよせよな。そういうことを言うのは」

こいつはさっきも、福井の前で『最も仲の良い同僚』などとぬかしたのだった、と思い出し、田宮が富岡を睨む。

「あれ、人前じゃなければいいの？　ってことは、今もいいってこと？」

にやにや笑いながら富岡が振り返り、田宮を抱き締めようとする。その胸を田宮は拳を突き出し押し戻した。

「痛っ」

「帰れって」

冷たく言い捨てた田宮に、富岡がしつこく絡んでくる。

「えー、重い荷物持って疲れちゃったんだけどな〜。お茶の一杯くらい、飲ませてくれてもいいんじゃないでしょうかねえ？」

「…………」

富岡は軽々とダンボールを持ってはいたが、どさりと床に下ろした感じは確かに非常に重そうだった。

付き合わせたのは事実だし、仕方がない、と田宮は溜め息をつくと、いやそうな態度を崩さず富岡に言い捨てた。

「茶、飲んだら帰れよ？」

「勿論。男に二言はありません」

嬉々とした顔になった富岡が「はい」と手を差し出してくる。

「なに？」

「鍵」

「俺が開けるって」

どけ、と富岡をドアの前から退《ど》かし、田宮は鍵を開けると、

「散らかってるけど」

と富岡を振り返った。

「気にしませんよ」

にっこり、とまたも見惚れるような笑みを浮かべながら富岡が田宮に続いて入ってくる。

「なんだ、散らかってなんかないじゃない」

きょろきょろと室内を見回していた富岡に「その辺、座っててくれ」と田宮は声をかけると、彼に茶を淹れるべくキッチンへと向かった。

「うわ」

背後で響いた富岡の声に、何事かと田宮がキッチンを飛び出す。

「……バカップル……」

富岡が佇《たたず》んでいたのは、電話の置いてある側の壁に飾ってあった『結婚しました』葉書の前だった。かつて温泉旅行に行った際に、高梨の姉が勝手に作成した葉書で、富岡にも送られたことのあるものである。

浴衣《ゆかた》姿で微笑む高梨と田宮のツーショットなのだが、高梨がこの写真を酷く気に入り、こうして常に見える場所に貼っていたのだった。

「別にいいだろ」

自らも『バカップル』の自覚がある田宮はそう言い捨てると、

「茶？　コーヒー？」

一応聞いてやるか、と富岡を睨みつつ問いかけた。

「ビールがいいなあ」

「長居する気ならダメだぞ」

釘を刺した田宮に「しないしない」と富岡が苦笑しつつ首を横に振る。

「ほんとに飲んだら帰れよ」

それでも更に釘を刺すと、田宮はキッチンへと戻り、スーパードライを二缶と、それに、冷蔵庫を開けて今朝の残りの漬け物を取りだし、取り皿と共に盆に載せてダイニングテーブルへと運んだ。

「わー、これ、田宮さんが漬けたんですか？」

嬉々とした声を上げる富岡に、

「スーパーで買った」

と冷たく言い捨て「ほら」と缶ビールを差し出す。

「じゃ、成約を祝って乾杯しましょう」

富岡の辞書には『へこたれる』という文字はないようで、にこにこ笑いながらビールを受け取ると、プルトップを上げ田宮に差し出してきた。

「ああ」

思えば成約も富岡の粘りがあったからこそだな、と思いつつ、田宮もまたプルトップを上げ、

「乾杯」

とビールを差し出した。

「乾杯」

富岡も唱和し、ビールをぐびっと呷る。

「そういや田宮さん、あの宅配便の子、知り合いなんですか？」

「いや？」

どうして、と問い返すと富岡は、ああ、やっぱり、という顔で笑い、

「ほんと、優しいなあ」

としみじみとした口調で呟いた。

「別に、普通だろ？」

困ってたんだし、と続けた田宮に、

「それを普通と感じない人が多いんですよ」

と富岡が答える。

「お前だって手伝ってくれたじゃないか」

「僕は田宮さんを手伝っただけですから」

下心です、と富岡は澄まして言ったあと、はっとした顔になった。

「なんだよ？」

「下心といえば！」

と、不意に富岡が身を乗り出してきたものだから、田宮はぎょっとし身体を引いた。

「だからなんだよ」

ビールをテーブルに置いて問い返した田宮に、富岡はますますテーブル越しに身を乗り出してくると、

「あの隣人！　福井って男！」

と興奮した声を発した。

「え？」

「あいつ、絶対田宮さんに気があると思います。気をつけてくださいね？」

「はあ？」

田宮の口から素《す》っ頓狂《とんきょう》な声が漏れる。

「あいつの田宮さんを見る目、普通じゃありませんでした」

「馬鹿言うな……ってか、失礼だろ？」

まったく、と呆れた田宮が、じろりと富岡を睨む。

「失礼じゃないですよ。田宮さん、もうちょっと自覚、持ってくださいよ」

やれやれ、といわんばかりに肩を竦める富岡に、

「何が自覚だよ」

と田宮が吐き捨てたそのとき、ピンポーン、とドアチャイムの音が鳴り響き、二人の注意をさらった。

「あいつじゃないですか？　隣の部屋の……」

声を潜める富岡に、

「まさか」

と笑って答えながらも、こんな時間にドアチャイムを鳴らすのは誰だろう、と訝りつつ、田宮が玄関へと向かう。

「心配だ……」

ぼそりと呟き、富岡もまた田宮に続いた。

「どなたですか？」

ドアに向かい田宮が問いかけたとき、鍵を開ける音がしたと同時にドアが開き、

「ただいまあ」

と満面の笑みを浮かべた高梨が入ってきたものだから、田宮も、そして富岡も驚き、思わず大きな声を上げた。

「良平！」

「あ」

そのまま田宮を抱き締め「ただいまのチュウ」と唇を突き出してきた高梨だったが、声で富岡の存在に気づいたらしく視線を彼へと向ける。

「おや、富岡さんやないですか。どないして部屋に上がりこんだんです？」

田宮を抱き締めたまま、にっこり、と微笑む高梨に——因《ちな》みに顔は笑っていても少しも彼

の目は笑っていなかった——富岡も同じく、顔だけでにっこり、と微笑み返す。

「いやあ、先ほどまで田宮さんと『愛の共同作業』をしていたものですから。疲れたでしょう、と田宮さんが気を遣って、部屋に招いてくれたんですよ」

「富岡、嘘言うな！　それから良平、離れろっ！」

田宮が富岡と高梨、それぞれを怒鳴りつけたが、怒鳴られた二人の態度はまったく改まらなかった。

「またまた。どうせ富岡君が無理言うて上がりこんだんやないんですか？」

「いえいえ、実は今日、大きな成約をものにしましてね。それで祝杯を上げていたんですよ。いやあ、僕と田宮さんのナイスなチームワーク、高梨さんにもお見せしたかったなあ。やっぱり起きている殆どの時間を共有しているからでしょうか。息もぴったりでねえ」

「それはおめでとうございます。僕らは既に息ぴったりですさかい別にそない長い時間、一緒にいんでも……なあ、ごろちゃん」

「だから二人とも、いい加減にしろって……」

まったく、と田宮は溜め息をつくと、高梨の胸を押しやって身体を離し、じろ、と富岡を睨んだ。

「もう、茶、飲んだろ？　それじゃな」

ビールだけど、と言いつつ、田宮が目で玄関を示す。

「……田宮さん、冷たい……」

がっくりと富岡は肩を落としたが、高梨を前にしては今までのように粘る気力がなかったらしく、すごすご鞄を手に取りドアへと向かった。

「なんのおかまいもしませんで」

上機嫌になった高梨が、田宮の肩を抱き富岡を見送るべくドアの前までついてくる。

「いえいえ、しっかり、かまってもらいましたから」

負け惜しみ、とばかりに富岡もまた、にっこりと笑い返すと――随分と頬は引き攣っていたが――最後に田宮を見やり、きつい口調でこう告げ、部屋を出ていった。

「いいですか？　田宮さん、隣の福井って男に気を許しちゃいけませんよ？」

「え？」

「馬鹿言うなって」

戸惑う声を上げた高梨と、罵声を浴びせる田宮の前でドアが閉まる。

「まったく……」

内側から鍵をかけながら、ぶつくさ言う田宮を高梨は抱き締めると、

「ただいま」

と唇を突き出した。

「良平もいい加減にしろよな」

富岡に対する今の態度はなんだ、という不満をそのまま田宮は高梨にぶつけ、いつものように『おかえりのチュウ』をすることなく、ぺし、と平手で高梨の額を叩いて身体を離す。

「いた」

「『いた』じゃないよ。今日は遅いんじゃなかったのか？」

日中、高梨は田宮の携帯のメールアドレスに、おそらく帰宅は遅くなるという連絡を入れていた。それゆえそう問いかけた田宮だったが、彼が不機嫌である理由は、この時間に帰ってきたということは、高梨は夕食がまだなのではないかと案じたためだった。

田宮の心情を百パーセント把握している高梨は、すぐにそうと見抜くと、

「メシは気にせんといて」

と笑い、再び田宮を抱き締める。

「な、チュウしよ」

そう言い、唇を寄せてきた高梨と田宮は軽くキスすると、

「何か作るよ」

と身体を離し、キッチンへと向かおうとした。

「ええて。それよりごろちゃん」

そんな田宮の腕を摑み、高梨が彼を呼び止める。

「え？」

「さっき、富岡君が言うてた隣の部屋の福井とかいう男の話、詳しく聞かせてくれへんかな」

「何言ってるんだよ」

てっきり田宮は、高梨がいつもの馬鹿馬鹿しいジェラシーを発揮したのかと思い、そう言い捨てたのだが、再び腕を摑まれ視線を戻した先に、やたらと真面目な高梨の顔を見出《みいだ》し、はっとして口を閉ざした。

「ごろちゃん、頼むわ」

厳しい眼差《まなざ》しを向けてくる高梨に、田宮は、「あ、うん」と頷いたものの、立ったままで話すのも、と思い、高梨をダイニングテーブルへと導く。

「ビール、飲むか？」

富岡がいつの間にか飲み干していた缶ビールを片づけようとした田宮に高梨は、

「あとでええわ」

と言うと、がたん、と椅子を引いて座り、田宮を見つめた。田宮もまた向かいの椅子に座り、

「隣の福井さんのことって？」

と高梨に問いかける。

「……確か、前にも話題に出た記憶があるんやけど、やたらとフレンドリーや、いうてた男

かな？」

「やたらとフレンドリーというわけじゃないけど、よく顔を合わせるよ」

高梨がこうも真剣な表情をしているということは、何か事件絡みかと察せられるのだが、あの大学生が犯罪に加担しているようには見えない。どういうことかな、と思いつつも田宮は高梨の問いに答えていった。

「詳しい素性、知ってるか？」

「S大の二年だって言ってた。両親は海外に転勤になったそうだけど、勤め先なんかは聞いたことがないよ。知っているのはそのくらいなんだけど……」

「……よう顔を合わせるそうやけど、そのとき、なんや変わったこと、ないか？」

「変わったこと？」

高梨は相変わらず真剣な顔をしていた。やはり事件絡みか、と察した田宮は必死でこれまで福井と交わした会話を思い出そうとしたが、『変わったこと』に関しては思い当たるものがなかった。

「……特には……変わったことって、たとえばどんな？」

問いかけた田宮に高梨は暫し考えるような素振りをしていたが、やがて、

「せやね」

と口を開いた。

「僕のこと、なんや聞かれたことあるか？」

「ないよ？」

即答してから田宮は、

「良平のことを？」

と再度高梨に問いかけた。

「なかったらええんよ」

少しほっとした顔になり、高梨が笑う。その顔を前に、なんともいえない胸騒ぎを覚えた田宮は、聞いていいものかと思いつつも、

「あのさ」

と高梨の顔を見上げた。

「なに？」

「……良平、なんかあったのか？」

田宮の問いを聞いた途端、高梨は一瞬、唖然とした顔になった。が、すぐに苦笑すると、

「かなわんな……」

と首を横に振り、田宮を見返す。

「何がかなわないんだ？」

「ごろちゃん、刑事になったらよかったのに」

高梨が笑って立ち上がり、田宮へと向かっていく。

「冗談で誤魔化すなよ」

話題を打ち切りたいという意図を察し、田宮が睨むと、

「やっぱりごろちゃんは、刑事が向いとるわ」

と高梨は尚も笑い、強引に田宮の腕を引いて椅子から立ち上がらせた。

「だから……っ」

ちゃんと説明してくれ、と言おうとしたところを不意に抱き上げられ、思わぬ高さに恐怖を覚えた田宮が高梨に縋《すが》りつく。

「うわっ」

「何もあらへんよ」

そんな田宮の耳元に高梨はそう囁くと、大股《おおまた》でベッドへと向かっていった。

「嘘だろ」

どさりと田宮をシーツの上に下ろし、高梨はすぐに彼にのし掛かっていく。ネクタイを外しはじめた彼を田宮は睨んだものの、彼もまた手を伸ばし、高梨のネクタイを外し始めた。

「嘘やないよ」

話せば心配をかけるに決まっている。そう思い、口を閉ざすことにした高梨は、

「嘘だ」

と尚も己を睨み上げる田宮の口も塞いでしまおうとくちづける。

「ん……っ」

舌を絡めていくと田宮もまたくちづけに応えはじめ、会話の打ち切りは成功した、と高梨は安堵の笑みを漏らした。

キスを継続しながらも高梨は器用に田宮の身体から服を剝《は》ぎ取っていく。田宮もまた、高梨のネクタイを解《ほど》いたあとに、シャツのボタンを外し始めたのだが、高梨の指が彼の乳首をまさぐり始めると、びく、と身体を震わせ、指先の動きは止まった。

もともと敏感な体質の田宮だが、乳首を弄られるのにはことさら弱い。数え切れないほどに肌を重ねている高梨は当然そのことに気づいており、掌で擦って勃たせたそれを、きゅう、といきなり強い力で抓り上げた。

「あっ……」

合わせた唇の間から高い声を漏らした田宮の腰が捩《よじ》れる。可愛らしいその声と淫靡《いんび》な仕草に高梨の欲情は一気に昂《たか》まり、彼の手がせわしなく動き始めた。

田宮のベルトを外し、スラックスを下着ごと引き下ろすと、口づけを中断し、そのまま裸に剝《む》いた下肢へと顔を埋めていく。

「や……っ」

いきなりフェラチオを始めたことに、田宮がぎょっとした声を上げたが、竿《さお》を扱き上げながら先端のくびれた部分を舌で舐《ねぶ》ると、田宮の背は大きく仰け反り、唇からは先ほど以上に高い声が漏れていった。

「あっ……やっ……あぁっ……」

早くも高梨の口内では、田宮の雄が急速に硬さを増していた。硬くした舌先で尿道を抉るとまたも田宮は大きく背を仰け反らせ、おそらく無意識の所作と思われるのだが、腰を突き出すようにしてねだってきた。

「…………」

可愛い、と思わず高梨が目を上げ田宮を見やる。

「……あ……」

視線が合ったことで己の振る舞いに気づいたらしい田宮が羞恥《しゅうち》に頬を染めながら腰を捩る。そんな姿も格別に可愛い、とやにさがりながらも高梨はがっちりと田宮の両脚を抱えて固定すると、再び顔を伏せ口淫に没頭していった。

「あっ……あぁっ……あっ……あっ……あっ……」

高梨の口の中でびくびくと田宮の雄が脈打ち、先端からは苦味のある液が滴る。その液を啜《すす》りつつ、竿を扱き上げていた指をそろそろと後ろへとすべらせ、既にひくつき始めていた蕾《つぼみ》へと向かわせた。

「ん……っ……」

ずぷ、と指先を挿入させると、田宮は一瞬身体を強張《こわば》らせたが、高梨が挿れた指でゆっくり中をかき回してやると、すぐに強張りは解け、再び高く喘ぎ始めた。

「やだ……っ……あっ……あっ……」

『やだ』というのは、自身の後ろが激しくひくつき、高梨の指を強く締め上げていることを、また恥じているためだと思われた。

いつまでも恥じらいを失わない、そんなところも可愛くてたまらない、と思いつつも、一方ではその恥じらいを忘れさせたいという願望もある高梨は、田宮の羞恥には気づかぬふりを貫き、指の本数を増やして田宮の前後を口で、指で攻め立てていった。

「あっ……あぁっ……あっ……あっ……あっ……」

竿の根元を締め上げることで射精を阻み、先端を舌で舐りまくる。同時に後ろを三本の指で激しくかきまわすと、田宮はもう、耐えられない、といいたげに高く声を上げ、いやいやをするように激しく首を横に振った。

「もう……っ……あぁっ……もうっ……」

切羽詰まった声を上げ、じっと自分を見下ろす田宮の視線を感じ、目を上げた高梨は、大きな瞳に涙を溜めた可憐すぎるその顔を見たその瞬間に、自身の欲望の箍《たが》が外れたことをはっきり自覚した。

身体を起こし、スラックスの前を開いて勃ちきった雄を取り出す。

「あっ……」

雄が目に入ったのか、田宮がごくり、と喉を鳴らす音が高梨の耳に響いた。

「待ちきれない？」

くす、と笑いかけると、はっと我に返った様子の田宮の顔が、みるみる赤くなっていく。

「馬鹿じゃないか」

悪態をつく声は、だが、欲情に掠れていた。

「待ちきれないんは僕か」

本当に、何から何まで可愛い、と思いながら高梨はそう笑いかけると、田宮の両脚を改めて抱え上げ、挿入を待ち侘《わ》びて激しくひくついているそこに、雄の先端をあてがった。

「え……っ？」

田宮が戸惑いの声を上げたのはおそらく、自身の後ろが高梨の雄を早く中に納めたいと、一層激しく蠢《うごめ》きはじめたからだと思われた。

食いついてくるわ、的な言葉をかけようかと高梨は思ったが、拗ねる可能性が大きいと判断し、何も言わずに一気に腰を進める。

「あーっ」

田宮の華奢な身体が高梨の下で大きく撓《しな》り、唇からは咆哮《ほうこう》といっていいような高い声が漏れる。その声は高梨が激しく腰をぶつけるうちに、ますます高く、ますます切羽詰まっていった。

「あっ……あぁっ……あっあっあっ」

シーツの上でのたうちまわるように身体をくねらせることで、享受する快楽の大きさを伝えてくる田宮の姿に、唇から漏れる嬌声《きょうせい》に、高梨の欲情もまた煽《あお》られ、突き上げのスピードが上がる。

「あぁっ……もう……っ……もう……っ……あーっ……」

喘ぎすぎて苦しくなったのか、田宮が薄く目を開き、救いを求めるように高梨を見上げてきた。

庇護欲《ひごよく》をこれでもかというほどそそられるその顔は、また同時に高梨の加虐の心をもそそり、もう少し、と高梨は田宮の両脚を抱え直すと、奥底を抉る勢いで腰をぶつけていく。

「りょう……っ……あぁっ……りょうへい……っ」

だが、その彼も、いよいよ限界を迎えつつある田宮に名を呼ばれ、じっと見上げられては、それ以上の行為の継続を諦めるしかなく、仕方がない、と苦笑すると、田宮の片脚を離し、その手で彼の雄を握り一気に扱き上げた。

「あーっ」

直接与えられる刺激に、田宮はすぐに達し、白い喉を見せつつ身体を仰け反らせる。

「……く……っ」

射精を受け、激しく収縮する後ろに締め上げられたために高梨も達し、田宮の体内にこれでもかというほど精を注いだ。

「……大丈夫？」

はあはあと息を乱す田宮に、高梨は覆い被さっていくと、苦しくはないか、と問いかける。

「……うん……」

未だ、意識は朦朧《もうろう》としている様子だったが、田宮はにっこり笑って頷いてみせると、両手を高梨の背に回し、ぐっと抱き締めてきた。

「……ごろちゃん……」

そのまま目を閉じた彼の欲しているものは、これかな、と高梨が唇をそっと額に、頬に、唇にと落としていく。

途端に目を閉じていた田宮の顔に、この上なく満足げな笑みが浮かんだのを見る高梨の胸にも、この上ない充足感が溢れてくる。

ますます愛しい思いが募ってくることに、高梨もまた微笑んでしまいながら、田宮にもっと微笑んでもらいたいとばかりに細かいキスを彼の頬に、瞼《まぶた》に、鼻に、そして唇に数え切れないほど落としていったのだった。

5

納《おさめ》が高梨《たかなし》に、情報屋のミトモから仕入れたという有益情報を告げたのは、翌日の夕方のことだった。納の携帯にミトモより連絡が入ったのである。

「なんだと？」

納のリアクションを見て、かなりのネタだと察した高梨は、彼が電話を切るやいなや「どないしたん？」と問いかけた。

「今まで俺らが聞き込んだ中で、渡辺《わたなべ》と加藤《かとう》の間に繋《つな》がりは見えてこなかったが、なんと、加藤と三年前に死んだ渡辺の妻とが繋がった」

「なんやて？」

既に亡くなっていることもあり、渡辺の妻の交友関係はなかなか探れずにいたのだが、さすがはミトモだ、と感心しつつ、高梨は詳細を納に問うた。

「ああ、今から十年以上前、学生時代に二人は恋人同士だった。卒業後は結婚すると周囲は思っていたらしい。本人たちもそう言ってたそうだ」

「しかし別れた？」

「ああ」

頷《うなず》く納に、もしや、と察した高梨が、その考えを口にする。

「原因が渡辺やった……とか？」

「ああ、そのとおり。ただその際に、渡辺と加藤が揉《も》めた、という話は出てきていない。渡辺の妻が——って、その頃は加藤の彼女だが——一方的に加藤を捨て、留学のために渡米する渡辺についていったのだそうだ。加藤にしてみれば寝耳に水だったが、相手は海外だし、加えて大学卒業後、就職浪人して飲食店のアルバイトで生計を立てるしかなかった状況では、どうにもならなかったらしい」

「……加藤は確か、独身やったよな」

離婚歴があるという話も聞いていない、と言う高梨に、そのとおり、と納は頷いたあと、なんともいえないといったように溜《た》め息をついた。

「加藤はそのアルバイトから身を立て、やがてはお好み焼き店の経営者にまで出世した。念願の自分の店を歌舞伎町に持ったところを、今度はまた、渡辺にかっさらわれることになった——もしも加藤がそれに気づいていたとしたら、渡辺に恨みを抱《いだ》いたかもしれん」

「しかし、死んだのは加藤やで？」

高梨の言葉に納が「そうなんだよな」と頷く。そのまま暫《しば》し二人して黙り込んだが、やがて高梨が口を開いた。

「加藤が渡辺を恨んだ結果、何かしらのアクションを起こしていた――いうような話は、今のところ出てきてへん。二人の間になんの関連性も見いだせんかったんやからな」

「ああ、そうだよな……」

相槌《あいづち》を打つ納の顔を、高梨が覗《のぞ》き込む。

「……もしかして、これが最初のアクションやったんやないやろか」

「……え？」

咄嗟《とっさ》には意味がわからなかったようで納は問い返してきたが、次の瞬間、高梨の言いたいことを察したらしく、

「なんだと⁉」

と高い声をあげた。

「加藤は渡辺を恨んどった。そやし、彼の店のオープンを阻もうとあの店で自殺を図った――そういうことやったんやないか？」

「し、しかし、あの遺体の様子はどう見ても他殺だったよな？　絞殺と首つり自殺じゃ、さく痕《こん》が違うだろ？　それに、加藤の爪《つめ》の間には誰かと争ったと思《おぼ》しき痕跡も残っていた。残されていた血液や皮膚片の分析も進んでると聞いたが……」

「……せやね……」

高梨は頷いたものの、やはり今、頭に閃《ひらめ》いた考えを捨てる気にはなれずにいた。

「直接手を下したんは、彼に多額の生命保険をかけさせた悪徳金融業者やったが、加藤は渡辺を犯人に仕立て上げようとしたのかもしれへん。やはりもう一度、渡辺の話を聞く必要はある、思うわ」

「ああ、そうだな」

納は高梨の能力を高く買っている。今回の見解も、突拍子のないものとはいえ、あり得るかもしれないと思ったようで、すぐに頷き、二人は渡辺の経営する会社へと向かった。


受付で待たされること二十分、ようやく姿を現した渡辺は、酷《ひど》く不機嫌な顔をしていた。

「申し上げたはずです。いらっしゃるときには事前にアポイントメントを取ってほしいということも、それに、もう来てほしくはないということも」

むっとしていることを隠そうともせずそう言い捨てた渡辺に、高梨がにこにこと、それは愛想良く笑いながら話しかけた。

「えらい申し訳ありません。今日はひとつだけ、お願いがあって参ったんです。用件はすぐにすみますので」

「…………なんでしょう」

高梨の笑顔に毒気を抜かれたのか、憮然《ぶぜん》としながらも渡辺が問い返す。

「ほんま、不躾《ぶしつけ》なお願いなんですが、髪の毛を一本、いただけないかと思いまして」

「なんですって？」

その瞬間、渡辺の顔色がさっと変わったのを、高梨は勿論《もちろん》のこと、納もまた見逃さなかった。

「……なんなんです、髪の毛って」

問い返してはきたが、その目的はわかっているに違いない、と渡辺の青い顔を見つつ、相変わらず高梨は、にこやかに微笑《ほほえ》みながら口を開いた。

「いやなに、関係者全員にお願いしとるんですわ。実は被害者の加藤さんの爪の間から皮膚片が発見されまして……そのＤＮＡ鑑定用に、皆さんから髪の毛を一本、頂いておるんですわ」

「……失敬な……勿論拒否しますよ。だいたい失礼でしょう？」

己を取り戻したのか、それまで呆然《ぼうぜん》としていた渡辺が語気荒くそう言い捨て席を立つ。

「勿論、協力をお願いしとるだけですから、拒否してくださってもかまいませんけど……」

えろうすんません、と、心底申し訳なさそうに詫《わ》びた高梨が、ここで、ちら、と敢《あ》えて意味深に渡辺を見やった。

「なんです？」

気づいた渡辺が問い返す。

「……いえ、事情を説明しますと、皆さん、ほぼ全員髪の毛をくださいます。断れば疑われると思わはるんでしょうな」

「……っ」

高梨の言葉に、渡辺ははっきりと顔色を変えた。

「……別に疑うなら疑ってください。私は協力しません。だいたい私は関係者ではありません。新規オープンする予定の店を殺人事件の現場にされた被害者です。髪の毛を提供する理由はありません」

失礼します、と形ばかりに頭を下げ、渡辺が立ち去っていく。

「……ありゃあ、クロだな」

納がぼそりと呟《つぶや》いたのに、高梨が肩を竦《すく》めてみせた。

関係者全員のDNA鑑定をするというのは、高梨が咄嗟についた嘘だった。そう告げることで反応を見ようとしたのだが、その狙《ねら》いが的中したことを高梨もそして納も確信していた。

「となると、当日の渡辺のアリバイか」

よし、と勢いづく納の前で、高梨が口を開く。

「……加藤の爪の間に残っとった皮膚片は渡辺のものやろうけど、『クロ』ではないかもしれん」

「え？　ああ、そうか。加藤が渡辺をはめようとした——お前、さっきそう言ってたな」

狼狽《ろうばい》する渡辺を前にし、彼こそが怪しいと思い込んだために忘れていた、と納が頭を掻《か》いた。

「せや。となると、加藤は他にも『手がかり』を残してる可能性が大きい。その手がかりを拾いにいこか」

高梨が納の背を促し歩き始める。

「どこに落ちてるかだな」

納もまた大きく頷くと、逸《はや》る気持ちのままに二人して覆面パトカーに向かい駆け出したのだった。


その頃、田宮《たみや》は一人アパートを目指していた。いつものようにしつこくつきまとう富岡《とみおか》は客先で問題が勃発《ぼっぱつ》したとのことで呼び出しを食らったために、今日はついてきていない。間もなくアパートに到着するというときになり、高梨から携帯に電話が入った。

『あ、ごろちゃん？』

応対に出た田宮に高梨は慌ただしく、今夜は帰れないかもしれない、と言うと、

『そしたら、愛してるよ』

と告げた。どうやら捜査は佳境に入ったらしいことを高梨の口調から察した田宮は、いつものように、

「頑張って」

とだけ告げ、邪魔をしては悪いと早々に電話を切ったのだった。

いつもながら、自分の語彙《ごい》の少なさに絶望する——電話を切った途端、田宮の口から深い溜め息が漏れた。

もう少し気の利いた言葉をかけてやればいいのに、常に馬鹿の一つ覚えのごとく『頑張って』としか言えない自分が情けなかった。

以前、高梨からは『ごろちゃんの「頑張って」が嬉しいんや』と言われたことがあったが、それもまた、ボキャブラリーが貧困な自分に対する高梨の思いやりなのではないかと思えて仕方がない。

常に落ち込むのだから、こうして落ち込んでいるときに、『頑張って』以外の言葉を考えればいいんだよな、と溜め息をつきつつ、外付けの階段を上ろうとしたとき、

「あ、田宮さん」

不意に背後から声をかけられ、田宮ははっとして振り返った。

「あ、福井《ふくい》さん」

呼びかけてきたのは隣人の学生、福井だった。駆けてでもきたのか、はあはあと息を乱している。

「今、お帰りなんですね」

相変わらず愛想よく話してくる福井に田宮もまた愛想良く「はい」と答えたのは、宅配便の一件があったためだった。

どちらかというと神経質そうに見えるのに、ああも汚れてしまった封書に関してクレームを言うことがなかった。

気立てのいい子だな、と、田宮の福井に対する好感度は、それまでよりずっと上がっていたのだが、それを見越したように、福井はやけに馴《な》れ馴《な》れしく田宮に話しかけてきた。

「ねえ、田宮さん、夕食まだじゃないですか？　よかったら一緒に食べません？」

「あ、いや……」

唐突な誘いに戸惑ったこともあり、また、いきなり肩を抱いてきたのに、ちらと違和感を覚えたこともあり、田宮は嘘を言って断ることにした。

「すみません、もうすませてきたので」

「あ、そうなんですか。それならちょっと、僕の部屋で飲みませんか？」

福井には田宮の拒絶の意志が伝わらなかったようで、尚《なお》も肩を抱き、共に外付けの階段を上ろうとする。

「いや、悪いんですけど、仕事を持ち帰っているので」

このあたりで田宮は、何やら不味《まず》いことになりそうだという危機感を抱き始めていた。福井とは顔を合わせれば世間話をする程度の仲であり、共に食事をしたり飲んだりしたことは一度もない。

その上、こうも馴れ馴れしくされると、声高に年功序列と言うつもりはないが、自分のほうが随分と年上である、と主張したくもなる。

それで田宮は、幾分厳しい口調でそう言い、福井を振り切ろうとしたのだが、肩に置かれた福井の手が緩む気配はなかった。

「いいじゃないですか。飲みましょうよ。一度田宮さんとはゆっくり話をしたかったんです」

耳元に唇が触れるほど近くに口を寄せて囁《ささや》かれ、ぞっとする。

「すみません、失礼します」

気持ちが悪いんだよ、と怒鳴りつけたくなるのを、子供相手に怒るのもなと思い留《とど》まり、作り笑いを浮かべると田宮は福井の胸を押しやろうとしたのだが、あくまでも彼の手は緩まなかった。

「いいじゃないですか。話しましょうよ。話題はそうだな、田宮さんの好きなエッチの体位とか、どうです？　よがり声、凄《すご》いんだもん。激しいセックスしてるんでしょ？」

「な……っ」

先ほどと同じく耳朶《じだ》に息がかかるほどに顔を近づけ囁かれた内容に、田宮はぎょっとし、反射的に強く福井の胸を押しやった。

「おっと」

だが福井の身体《からだ》はびくともせず、更に強い力で田宮の肩を抱いてくる。

「毎晩のように、田宮さんの色っぽい声を聞かされているコッチの身にもなってくださいよ。こんな壁の薄いアパートだっていうのに、あれはもう、騒音公害として訴えられるレベルでしょ」

「…………」

あまりの内容に絶句する田宮に構わず、福井はにやにや笑いながら耳元で囁き続ける。

「随分迷惑被っているんです。その詫びくらい、してくれてもバチはあたりませんよねえ」

そんなことを言いながら、福井が田宮の肩を抱いたまま、階段を強引に上ろうとする。このまま部屋に連れ込まれてしまっては、何をされるかわからない。鈍いことでは定評のある田宮だが、さすがに今回ばかりは身の危険を感じていた。

腕力ではかないそうにない。ふざけるな、と恫喝《どうかつ》してやろうかと考えたが、子供相手にそれもどうかと思ってしまう。

しかし今は『大人の余裕』になどかまっていられないのでは、と、焦った田宮が福井を

「よせ」と怒鳴りつけようとしたそのとき、

「あ、田宮さん、ちょうどよかったです」

不意に背後から声をかけられ、田宮が、そして福井もはっとしたように振り返った。

「田宮さん、お荷物です。着払いなんですが……」

その場に佇《たたず》んでいたのは、小振りのダンボール箱を手にした宅配業者の少年だった。路上にばらまいた荷物を田宮が拾うのを手伝い、その際に汚れてしまった福井宛の荷物を共に届けにいった、あの美少年である。

「あ、すみません」

少年は、田宮と福井の間に流れる不穏な空気にはまるで気づかない様子で二人に歩み寄ってくる。このチャンスを活かさぬ手はない、と田宮は呆然としていた福井の隙をつき彼の腕から逃れると、自らも宅配業者の少年へと笑顔で近づいていった。

「どうもありがとう。部屋で払うので一緒に来てもらえるかな？」

「あ、はい、勿論」

少年が頷いたのに田宮もまた笑顔で頷くと、視線を福井へと向けた。

「それじゃ、失礼します」

「あ……」

ここでようやく福井が我に返った顔になり、忌々しげに舌打ちする。それを横目に田宮は少年を従え、階段を上っていった。

あとに福井も続いたが、田宮が鍵を開けている間、少年がちらちらと自室のドアの前に佇んでいる福井へと視線を向けていたのでいたたまれなくなったらしく、むっとした様子で部屋へと入っていった。

やれやれ、と思わず溜め息をついてしまったあとに、少年の存在に気づき、田宮は誤魔化し笑いを浮かべると、

「あ、どうぞ」

と少年を中に招いた。

「あ、はい」

いつもはドアの中には入ってこない少年が、田宮に招かれるまま玄関を入り、背後でドアを閉める。

「ええと、おいくらですか？」

内ポケットから財布を出しながら田宮は尋ね、少年が持っている荷物を見やった。そういえば先ほどはそれどころではなかったために疑問も覚えなかったが、田宮のもとに着払いで荷物が届くことは滅多にない。

もしや高梨宛だろうか、と、宛名を見ようとした田宮の前で、少年は酷くバツの悪そうな顔になったかと思うと、

「あの……すみません」

殆《ほとん》ど聞こえないような声で謝り、ぺこり、と頭を下げた。

「え？」

謝られるような材料はないはずなのだが、と首を傾げた田宮の前で少年は顔を上げると、
いかにも言いづらそうにぼそぼそと言葉を続けた。

「あの……嘘なんです」

「嘘？」

何が、と問いかけた田宮は、少年が示してみせた宅配便の宛先に「あ」と声を上げた。

そこにあったのは田宮の名ではなく、一〇一号室に住む管理人の名だった。

「あ…………」

もしかして、と察した田宮が少年を見る。少年は目を伏せたまま、聞き取れないような小
さな声でまた、

「すみません」

と謝罪の言葉を口にした。

「……た、田宮さんが困ってらっしゃるように見えたので、お節介かと思ったんですが
……」

「いや、助かったよ。どうもありがとう」

やはりこの少年は、福井に無理強いされているのを見越して救いの手を差し伸べてくれたのか、と田宮は改めて彼に対し、感謝の念を抱いた。

と同時に、会話の内容までは聞こえていないよな、と、つい探るような目を向けてしまう。同性に迫られていたところを見られるのも勿論恥ずかしかったが、それ以上に、自分の閨《ねや》での声が、隣の部屋の福井の耳にまで響き渡っていた、などということは、できれば人に知られたくなかった。

「いえ、お礼なんて……」

目の前で恐縮しまくっている少年の表情からは、少なくとも嫌悪感は見いだせなかった。リベラルな思考の持ち主であるのか、はたまた気づいていないのか、どちらと結論づけることはできなかったが、そんなことより、と田宮はせめてもの礼をさせてほしいと少年に声をかけた。

「よかったらお茶でもいかがですか？　あ、コーヒーも、あと、冷たいものもありますので」

どうぞ、と田宮は少年を中へと導き、その労をねぎらおうとしたが、その瞬間少年は、とんでもない、というようにぶんぶんと激しく首を横に振り始めた。

「い、いえ！　もとはといえば、田宮さんが僕を助けてくれたので……っ」

「助けるなんて、そんなオーバーな」

ただ、路上に散らばった荷物を拾っただけじゃないか、と思わず笑ってしまった田宮に対し、

「いえ！」

とまたも少年が激しく首を横に振る。

「オーバーなんかじゃありません！　この仕事を始めてからあんなに親切にされたことありませんでした。荷物を拾ってくださっただけじゃなく、一緒に謝りにきてくれるなんて、なかなか普通、できないことだと思います。本当にどうもありがとうございました!!」

「普通すると思うけど……」

田宮としてみれば、そこまで特殊なことをしたつもりはなかった。困っている人がいれば、自分にできる範囲で手を差し伸べる。ごくごく当然のことだと思うのだが、と思いつつそう言葉を挟むと、少年はなぜかここで、はっとした顔になった。

「ど、どうしたの？」

「な、なんでもないです……」

だが田宮が問いかけると、またもはっとした表情となり、慌ててぶんぶんと首を横に振る。

「ともかく、上がってよ」

田宮は少年を部屋に上げ、少しでも休息をとってもらおうとしたのだが、少年はあくまでも固辞した。

「本当にすみません。まだ配達がたくさん残っているので、ゆっくりはできないんです」

申し訳ないです、と何度も繰り返す少年を前に、これ以上引き留めるほうが迷惑か、と田宮は悟り、申し出を引っ込めることにした。

「わかった。本当に今日はありがとう」

助かった、と微笑むと、少年もまた、実に嬉しそうに微笑み返し、

「それでは」

ぺこり、と頭を下げドアから出ていった。

「…………」

まだ配達が残っている、という今の言葉に、嘘は感じられなかった。ということは、そうも忙しいときに敢えて嘘までついて、自分を助けようとしてくれたのだとわかる。

そっちこそ『普通にはできない』ことだろう、と溜め息をつきつつも田宮は、しっかりと鍵をかけ、ドアチェーンもちゃんと下ろした。

宅配の少年が帰ったことを見越し、再び福井が訪ねてくるようなことはさすがにないだろう。そうは思っていたものの、万が一ということもあるし、と田宮が用心深くなったのは、福井が尋常ではない行動を起こしてきたためだった。

今まで何かというと愛想良く声をかけてきた彼の『本心』をこのような形で知ろうとは、と深く溜め息をつく田宮の耳に、福井のいやらしい声が蘇《よみがえ》る。

『よがり声、凄いんだもん。激しいセックスしてるんでしょ？』

高梨との行為に夢中になると、我知らぬうちに高い声を上げてしまっているということを、田宮とて知らないわけではなかった。

最初のうちは、無意識のうちにもそんな大きな声を上げてしまい、人に聞かれたらどうしよう、と案じもしたし、できるだけ声を抑えようと心がけてもいたのだが、同じアパートの住人と殆ど交渉がない上、誰から苦情が来るでもなかったために、いつしか状況に慣れてしまっていた部分もあった。

やはり声は外に響いていたのだ。福井の言葉でそれを改めて認識させられ、田宮は酷く狼狽していた。

福井だけでなく、階下の人にも聞こえていたかもしれない。ああ、そうだ、夏は高梨が暑がるため、窓を開けた状態で抱きあったこともあったと思う。それだとアパートの住人どころか、向かいのアパートにだって声は響いていたかもしれない。

なんたる恥知らずな振る舞いをし続けてしまったのだろう、と田宮は頭を抱えたものの、やがて十分もすると、過ぎてしまったことを気にしたところで仕方がないか、と顔を上げた。

田宮はその外見から、さぞ繊細な神経をしているのだろうという目で見られることが多かった。が、実のところ、細やかな心配りをする一方で、非常に男らしい、いわば竹を割ったような性格をしているのだった。

後ろ向きにあれこれ悩むより、スパッと思考を切り替え、今後の対策を考えるほうを選ぶ。今回も彼は、これから福井に対し、どう対処していくかを考え始めていた。きっちりと話をするべきだろうか。しかし、力ずくでこられた場合、抵抗できる自信はない。

高梨に相談すべきか、と田宮は一瞬愛しい恋人の顔を思い浮かべたが、彼をこんなつまらないことに巻き込むのは自分の本意ではない、と早々にその考えを打ち切った。

やはり、どこか人目のあるところで、福井と話をしよう。公衆の場でまた『よがり声』などと言われると困るが、それでも他者がいるところなら、そうそう不埒《ふらち》な振る舞いはしてこまい。

よし、そうしよう、と田宮は一人、結論づけると、これ以上むかつくことを考えるのはやめようと自身に言い聞かせつつ、ビールでも飲むか、とキッチンへと向かった。

いつものようにスーパードライと、漬け物を冷蔵庫から出し、テレビを観ながら飲み始める。

あまり興味のないドラマを流していたのだが、合間に入った宅配業者のコマーシャルを見て、そういえば、と田宮は自分を救ってくれた美少年のことをふと思い出した。

彼が声をかけてくれて本当に助かった。恩義を感じていたからとのことだったが、嘘をついてまで助けてくれるとは驚きだった、と田宮は改めて美少年へと思いを馳《は》せた。

大人しそうな少年である。まだ十代なのではないだろうか。腕力はあまりなさそうだったにもかかわらず、なぜ宅配便の配達という仕事を選んだのか。

やはり時給かな、と田宮は考え、もしや彼は苦学生なのかもしれないな、とその素性までも予測した後《のち》、下司《げす》の勘ぐりか、と肩を竦めた。

それにしても、この数日でよく顔を合わせる、と、少年と会った回数を指を折って数える。

いつもなら出ている時間に宅配便を届けにきたときが最初の出会いだった。それから、荷物をぶちまけたとき、そして今日か、と右手の指を折り、たった三回とは、と意外に思っていた田宮の頭を、ちら、と違和感が掠《かす》めた。

「…………？」

なんだ？　と暫く考え、

「あ」

と、その『違和感』の正体に思い当たる。

なぜ彼は自分が、午前九時にはいつも家を出ていると知っていたのだろう。

少年の勤務時間が午前中に限られているというのであれば、いつ来てもいない人と認識されるのもわかる。

だが、昨日、今日と彼は、夜にも勤務についていた。

朝から晩まで彼は働いているんだろうか。それとも、シフトが朝から夜に変わったのか。

ああ、他の担当から、この部屋はサラリーマンが住んでいるので、日中はいないと聞いたのかもしれない。

しかしそうも定着するほど、自分のもとに宅配便が届くわけではないのだが、と田宮はまたも首を傾げたのだが、たいした問題じゃないか、とあれこれ考えるのをやめにした。いたいけにすら見えるあの華奢《きゃしゃ》な身体や可愛い顔に加え、偶然とはいえ、互いに助け助けられたという出来事があったために印象深く感じるが、よく考えれば自分とあの少年の間には、なんらかの繋がりが生まれる可能性はほぼないといっていい。

宅配物を届けてくれたときに、少しは会話をするかもしれないが、いわばそれは通りすがりの関係だ。

なのに、いろいろと詮索《せんさく》されるのは、少年にとっても本意ではないだろう、と田宮は彼に対する思考も打ち切ると、少しも集中していなかったテレビを消し、メシでも作るか、と立ち上がった。

そうだ、もしも高梨が明日も泊まり込みになるようだったら、彼や捜査一課の面々が気に入ってくれている稲荷寿司《いなりずし》を大量に作って差し入れよう。

高梨のために自分ができることとは、そんなことくらいだから、と田宮は一人頷くと、おそらく今も緊迫した時間を過ごしているであろう高梨のために、一刻も早く彼の努力が報われ、犯人が逮捕されますようにと祈ったのだった。

6

翌朝、田宮がアパートを出ようとした際、隣の部屋のドアが開き、福井が顔を覗かせた。

「………」

もしや毎朝のようにこうして顔を合わせていたのは、決して偶然などではなく、福井が隣室にいる自分の気配を窺《うかが》っていたのかも、と思うと、背筋を冷たいものが走ったが、敢えてそれを押し隠すと田宮はできるだけ淡々とした口調で福井に、

「おはようございます」

と声をかけ、そのまま彼の横を擦り抜けようとした。

「田宮さん、待ってくださいよ」

福井がそんな田宮に声をかけ、腕を摑《つか》んでくる。

「時間がありませんので」

田宮はあくまでも冷静に対応しようと心を決めていた。ひとことそう言い捨て、福井の手を振り解《ほど》くと、そのまま階段へと向かって駆け出す。

「田宮さんってば！」

福井はしつこく追いかけてきた。が、運動能力に長《た》けている田宮はあっという間に階段を駆け下りると、そのまま駅へと向かって走り始めた。

「畜生っ」

運動不足なのか、追いついてこられなかったらしい福井の罵声《ばせい》を背中に聞きながら、田宮は交差点を二つほど越したところでようやく駆けるのをやめ、背後を振り返った。

「…………」

福井の姿がないことに安堵《あんど》し、またも早足で駅への道を歩き始める。と、路地からちょうど、ワゴンを押しながら宅配業者の制服を着た小柄な男が出てきた。

「あ」

「……あ」

もしや、と思って顔を見た田宮は、それが昨日、自分を助けてくれた美少年だと気づき、笑顔を向ける。

少年もまた、はっとした顔になったが、田宮が笑顔で「おはようございます」と挨拶《あいさつ》すると、

「お、おはようございます」

おどおどしながらも笑顔になり、挨拶を返してくれた。

「頑張って」

ワゴンには今日もまた沢山の荷物が積まれていた。さぞ重いだろうと思いつつ、田宮がそう声をかけると、

「はい、ありがとうございます」

丁寧に頭を下げ、田宮が駆けてきた道を進んでいった。

「………」

大丈夫かな、と少し坂になっている道を上る、華奢な後ろ姿を田宮は少しの間見ていたが、福井が来るかもしれない、とはっとし、前を向いて駅へと急ぎ始めた。

しかし本当に、偶然にしてもよく会うな、と、早足で歩きながら美少年の顔を思い浮かべていた田宮は、今後、その少年とますますかかわってくることになろうとは、まるで想像していなかった。

その頃高梨は、捜査員たち総出で聞き込んだ結果見出《みいだ》された、渡辺と加藤の間の繋がりを確認すべく、渡辺のもとへと向かっていた。

彼の毛髪は既に、自宅から押収済みだった。令状がとれたために、朝方、渡辺の出社を見計らい、家政婦が一人になった時点で竹中《たけなか》と山田《やまだ》が自宅へと出向いたのだった。

おそらくその連絡は、家政婦から本人にいっているだろうと踏んだ高梨は、渡辺の高飛びを恐れ、早々に彼の会社を訪問したのだったが、どうやら家政婦として雇われている若い女性は、そこまで気が回るタイプではなかったようで、高梨と納の来訪に対し、渡辺はいかにも面倒くさそうな態度のまま顔を見せたのだった。

「本当にもう、いい加減にしてくださいよ」

不機嫌極まりない口調でそう言う渡辺の態度は尊大そのもので、びくついている気配は微《み》塵《じん》もない。これは好都合だ、と高梨は心の中で頷くと、ジャブ、とばかりに用件を切り出した。

「何度も伺うんは、理由があるからなんですよ。渡辺さん、あなた、加藤さんとは面識ないと仰《おっしゃ》いましたけど、加藤さんがお亡くなりになった日に、現場となったあなたのお店で会うてらっしゃったそうやないですか」

「な……っ」

いかにも腰低く、穏やかな笑みを浮かべていた高梨が、いきなりそう切り出したものだから、渡辺は絶句した。彼の顔色がさっと変わったことから、やはり聞き込みのとおりか、と察した高梨が、それまでとは打って変わった厳しい表情となり彼に詰め寄る。

「目撃証言が出たんや。確かにあなたは、犯行時刻には他の場所におったいうアリバイがある。しかし、犯行時刻の三時間前にはあの店におった。亡くならはった加藤さんと一緒に」

「し、知らない……っ！　俺は何も……っ」

渡辺が狼狽しきった声を出し、数歩後ずさる。彼が下がった分だけ高梨は身を乗り出し、厳しい口調で追い詰めていく。

「複数の目撃証言がとれたさかい、令状を取得し先ほどあんたの自宅から毛髪を採取させてもろたわ。家政婦の山本《やまもと》さんからも、あんたが腕に怪我《けが》してはった、いう証言が得られた。今、ここで上着を脱いでもろてもええんやけどな」

「お、俺は……っ」

迫力ある高梨の脅し文句に、渡辺は今や顔面蒼白《そうはく》となっていた。

「加藤さんの爪に残っていた皮膚片は、あんたのものやった……せやな？」

そんな渡辺に高梨が今度は静かな声音でそう問いかける。

「…………」

傍《そば》で見ていた納は、相変わらず緩急の付け方が上手《うま》い、と心底感心していた。渡辺はもう落ちたも同然だろうと彼へと視線を向ける。果たして納の読みどおり、渡辺はがっくりと肩を落とし深く溜め息をついた。

臓腑《ぞうふ》を抉《えぐ》るようなその息の音が途絶えるのを待ち、高梨が再び静かに彼に問いかける。

「なんと言って呼び出されたんや。亡くならはった奥さんのことか？」

高梨の問いに、項垂《うなだ》れたままでいた渡辺の肩が、びく、と震え、またも彼の唇から深い溜め息が漏れる。そのまま彼が黙り込むこと二分あまり、その間三人の間には沈黙が流れることとなったのだが、高梨は何も言わずに渡辺が口を開くのを待っていた。

「…………はめられたんだ……」

二分後にようやく渡辺は、ぼそりと小さくそう呟いたと同時に顔を上げた。

「知ってたんか？　奥さんと加藤の関係を」

高梨が問い返し、僅《わず》かの間にすっかり老け込んでしまったようにも見える、生気のない渡辺の顔を覗き込む。

「知らない……知るわけがない。雪奈《ゆきな》に将来を約束した恋人がいたなんて当時は知らなかった。それにもう何年前の話だと思ってるんだ。当の雪奈だって死んでるんだし、今更とっただのなんだの言われたところで、どう対処すりゃよかったんだ。土下座でもすりゃ、気が済んだのか？　冗談じゃない！　なんだって俺があんな野郎に頭下げなきゃならないんだ。しかもあの野郎、いきなりむしゃぶりついてきやがって……っ」

次第に興奮してきたらしく、渡辺は声高になっていたが、ここで高梨が言葉をかけると、途端にトーンダウンすることとなった。

「むしゃぶりつかれたときに、加藤さんに引っかかれ、腕に傷を負った……せやね？」

「……ああ、そうだよ。いきなり飛びかかってきやがったんだ。なんの脈絡もなく、いきなりだ。防御する暇もなかった」

忌々しげに渡辺が舌打ちし、上着の袖《そで》の上から腕を摑む。おそらくそこに傷口があるのだろうと察しながら高梨は、再び口を開いた渡辺の話に耳を傾け始めた。

「恨み言を重ねられた。学生時代には愛する女を奪われ、今、命よりも大事にしていた店を奪われたと。知るか。単なる偶然だ。それをあいつ、何か恨みがあるんだろうとか、学生時代は自分を妬《ねた》んでたんじゃないかとか、わけのわからないことを吠《ほ》えた挙げ句にいきなり飛びかかってきやがった。冗談じゃない、警察を呼ぶと言ったが、もう自分には失うものなどない、と少しも怯《ひる》まない。それで仕方なく俺のほうが店を出たんだ！　そのあとあいつがどうなろうが、俺の知ったことじゃない！　傷のことを隠していたのは単に疑われたくなかったためだ！　だが俺は被害者なんだ！　アリバイだってある！」

「わかりました。続きは署で伺うさかい」

またも興奮してきた渡辺の背を促し、高梨が歩き出そうとする。

「いやだ！　なぜ俺が警察になんかいかなきゃならないんだ！」

渡辺は抵抗したが、高梨がきつい眼差《まなざ》しを注ぎながら告げた言葉を聞き、絶句したあとにまたもがっくりと肩を落とした。

「なんであなたが加藤の呼び出しに応じたか、そこを聞かせてもらいたいんですわ。僕の予想やと、三年前に亡くならはった奥さんの件が絡んでくるんやないかと思うんやけど、そのことも含めて……な」

「……っ」

どうやら図星だったらしく、黙り込むしかなくなった渡辺を伴い、高梨と納は捜査本部の設置された新宿署へと向かうと、そのまま渡辺の取り調べにかかった。

「………三年前の妻の死について、話したいことがあると突然加藤が連絡をとってきた。妻とは知人で、亡くなる前に夫に――俺に殺されるかもしれないという手紙をもらったというんだ。理由も手紙には書いてあった。その手紙を公表されたくなければ店に来いと言われ、それで出かけていったんだ」

渡辺が比較的素直に取り調べに応じたのは、加藤の爪に残された皮膚片がDNA鑑定をすればすぐに自分のものだと特定されることがわかっていたためのようだった。

ここでまた嘘を重ねれば、犯人と疑われる恐れがある。そう考え、おそらく『事実』とおぼしき話を続ける彼を前に、高梨はかつて聞いた監察医、栖原《すはら》の言葉を思い出していた。

『口にするのも憚《はばか》られる、まったくの主観だけれども、彼の取り乱し方がわざとらしく感じられたんだよね』

三年前、彼の妻が自宅で入浴中に亡くなった。妻が泥酔していたこともあり、結局その件は事故死と判断されたのだが、栖原はなんとなく違和感を覚えたという。

人間性に――主に下半身面で――問題は多々あれど、高梨は栖原の見立てを信頼していた。その彼が違和感を持ったということは何かがあるに違いない。それに何も疚《やま》しいところがなければ、渡辺が加藤の呼び出しに応じるのは不自然である。

犯罪が隠蔽《いんぺい》されることなどあってはならない。三年前に隠しおおせた罪を、今、暴いてやる。今、高梨の胸には、正義の焔《ほむら》が燃えていた。

「奥さんは確か、事故死やったよな。当時の記録を見ると、別に夫婦仲が悪い、いうようなことはなかったいう記載があるけど、そうでもなかったいうことか？」

「そういうわけじゃありませんよ。私は単に、加藤に何を言われたのかを説明しただけで、彼の言葉が事実だと言ってるわけじゃありません。まったく信頼性のない話ですよ。夫婦仲に問題はありませんでした。もし何かあったとしたら、警察にも記録が残ってるはずでしょう？　完全なる彼の妄想です」

鼻息荒く渡辺は言い捨てたが、高梨が、

「そしたらなんで、呼び出しに応じたんです？」

と問いかけると、う、と言葉に詰まった。

「加藤さんの言わはることが事実無根や、言うんやったら、呼び出しを無視すればよかったんちゃいますか？　なのにあなたは言われたとおりに店に行き、彼と顔を合わせとる。あなたの仰るとおり、ネタが加藤さんの捏造《ねつぞう》やったら、マスコミかて相手にせんでしょう。なぜ、あなたは加藤さんの呼び出しに応じたんです？　その理由を是非、教えていただけませんかね」

「それは……っ」

渡辺は何かを言いかけたが、すぐにむっとした顔になると、

「……デマはデマですが、マスコミが相手にしない保証はないと思ったんですよ。現に妻は死んでるわけだし。これから新店舗をオープンさせようというときに、スキャンダルはご免だと思った。それだけです」

そう言い、ふいとそっぽを向いたが、彼の頬《ほお》はぴくぴくと痙攣《けいれん》していた。

「それなら警察に届け出られたらよろしかったんちゃいますか？　状況的に見て、加藤さんはあなたを恨んでいると予想できた。そういった場合、まずは身の安全を考えませんか？なのにあなたは警察に届けることもせずに、呼び出されるがままに加藤さんと会った」

「警察に届けたことが噂になれば、それだけでもスキャンダルになるでしょう？　それを避けたかったんですよ」

「危害を加えられるかもしれないのに？　そのほうがよほどスキャンダルでしょう」

「うるさいな。私はそうは思わなかった。相手のことは事前に調べていましたから。同年代だし、私だって腕力には自信があります。攻撃をしかけられたら防御できると思ってた。だから一人で出かけていったんです！」

「せやろか。あなたは加藤さんの言うことに信憑性《しんぴょうせい》を見いだした。奥さんがそんなメールや手紙を送った可能性があると考えた。だからこそ出かけていったんちゃいますか？　それ

こそスキャンダルを恐れて」

「言いがかりだ！　妻が僕に殺されるかもしれないなど、人に言うわけがない！」

叫んだ渡辺の前に高梨が、引き出しから出した紙片を一枚、はらりと置く。

「……あ……っ」

それを見て渡辺が絶句したのは、プリントアウトされたその電子メールに見覚えがあったためらしかった。

「これは奥さんが、米国滞在中から夫婦ぐるみで親しくしていた女性に送った電子メールです。送られたのは亡くなるひと月ほど前でしたが、あなた、この女性にメールの件を誰にも言わないようにと口止めしはりましたよね？　その代償として多額の金を支払っている。ちゃいますか？」

「こ、これは……」

今や渡辺の額には汗が浮き出し、その顔はどす黒くさえなっていた。

「奥さんはメールでこう訴えている。『夫は私の存在自体を疎ましく感じている。それなら離婚してくれればいいのに、離婚に応じてもくれない。理由はただ一つ。彼の秘密を私が知っているから。常に彼の監視の目を感じ、苦しくて仕方がなくて、つい、お酒に手が伸びてしまう。今も酔っ払ってこのメールを書いている。もしかしたら私は口封じに殺されるかもしれない』──そのあと、奥さんは実際亡くなった。直後にあなたからコンタクトがあったと、彼女は教えてくれました。妻のパソコンからこのメールが発見されたが、酔っ払いの戯《ざ》れ言《ごと》で意味はない。だが、警察にあれこれ聞かれるのは面倒なので、万が一にも問い合わせがあった場合は黙っていてほしい、あなたはそう彼女に頼んだ。そうですよね？」

「…………メールの内容は事実無根でした。だから口止めしたんです……」

渡辺が絞り出すような声でそう告げ、ちら、と高梨を見る。

「このメールの件があったからこそ、あなたは加藤の呼び出しに応じた。彼も口止めしようとしたんですか？」

「……ええ、まあ……」

そうです、と頷いた渡辺に、高梨がたたみかける。

「ところであなたの『秘密』とはなんです？」

「プライバシーです。お話しする理由はないし、それにあのメールは妻の捏造です」

「あなたの『秘密』は若い頃に新宿二丁目で『ウリ』をしていたこと。その頃知り合ったヤクザの組長がパトロンとなり、彼に今の会社の設立資金を出してもらったこと。そのヤクザとは未だにつながりがあり、性的関係も続いていること……ですよね？」

「…………っ」

今度こそ渡辺は絶句し、食い入るように高梨を見つめたまま動かなくなった。見開かれた彼の目は血走り、全身がわなわなと震え始める。

それらは納がミトモから入手した情報だった。ホモでかつ、サドだというヤクザの組長に、渡辺は相当な目に遭わされているらしいが、金のためと割り切ってつきあっているという話だった。その『秘密』を妻に知られたことが、彼女を殺害する動機になったのかもしれない、と高梨はじっと渡辺を見据え、口を開いた。

「プライバシーやいうことは勿論承知しています……が、それが事件にかかわっているとなれば、暴かなならんようになるんです。あなたの性的指向について追及するつもりは我々にありません。我々が求めているのはただ一つ——誰がどのような罪を犯したのか、それを明らかにすることとです」

渡辺は未だ、呆然とした顔をしていたが、真摯《しんし》な高梨の口調には感じるところがあったのか、のろのろと顔を上げ彼を見た。

「あなたも先ほど仰ってましたが、今回の加藤さんの件は、あなたは単にはめられたのだと思います」

「それは……っ」

高梨の言葉に、渡辺がはっとした表情となる。

どういうことか、と問いかけてきた彼の言葉を高梨は遮り、話を続けた。

「加藤さんはあなたを恨んでいた。若い頃には恋人を奪われ、今、苦労してようやく持ち得た自分の店をあなたに奪われたからです。世間的には逆恨み、いわれる感情やとは思うんですが、借金の取り立てに身も心も疲れ果てた加藤さんは、死を決意した。が、どうしてもあなたに一矢報いねばという気持ちを抱いた。それで、あなたが犯人と思われるような小細工をして死んだんです。実際手を下したのは、彼の生命保険の受取人となっているヤクザでしょうが、いわば今回の事件は、加藤さんの『自殺』といってもいいと僕は思うてます」

「…………」

高梨の前で渡辺は、ただただ呆然としていた。が、やがて話の意味を理解したようで、

「そ、それじゃあ……っ」

と震える声を上げる。

「わ、私は関係ないのでは……いえ、それ以前に被害者といってもいいのでは……？」

「今回の件に限ってはそうでしょう」

高梨はにっこりと微笑み頷いたが、渡辺が勢い込んで何か喋《しゃべ》り始めるより前に、

「しかし！」

と凛《りん》とした声を張り上げた。

「あなたが今回『被害者』になったのは、三年前の奥さんの死に関し疚しいところがあったからでしょう。そのお話を今日は、じっくり聞かせてもらいますわ」

ずい、と身を乗り出し、高梨が渡辺の顔を覗き込む。

「……………」

そんな高梨を前にする渡辺の顔からは、すっかり生気が抜けていた。
これは落ちるな——記録係に徹していた納がそう予測したとおり、その後渡辺は高梨に問われるがまま、三年前の妻の死について、ぽつぽつ語り始めたのだった。

その日の夕方、田宮の携帯に高梨から連絡が入った。

『さっき、事件が解決してん。これから打ち上げやけど、今日は八時過ぎには戻れる思うわ』

「よかったな！」

嬉しそうな高梨の声を聞くだけでも田宮も気持ちが高揚し、我ながら興奮していると思う高い声を上げたあと、そこがオフィスであったために、はっとして周囲を見回した。

予想通り、といおうか、富岡が顔を上げ電話に注目していたのに、見るな、と彼を睨《にら》むと田宮は立ち上がり、打ち合わせコーナーへと向かった。他人に電話を聞かれないようにと考えたのである。

「メシ、何か食べたいものあるか？」

祝杯は捜査一課で挙げるだろうが、これまでの彼の労をねぎらいたい、と思い、問いかけ

た田宮に、

『別になんでもええよ』

と高梨は笑ったあと、

『ああ、せや』

と何か思いついた声を上げた。

「なんだ？」

てっきり、食べたいメニューを思いついたのだろうと思い、問いかけた田宮の耳に、笑いを含んだ高梨の声が響く。

『メシより前に、ごろちゃんがほしいわ。なあ、今夜は一緒に風呂、はいろ』

「馬鹿じゃないかっ」

いつものようにそう言い捨てると田宮は、

「それじゃ、またあとでな」

と電話を切ろうとした。

『あ、ごろちゃん』

呼び止められ「なに？」と問い返す。

『愛してる』

甘い声音で囁かれ、田宮の頬にカッと血が上った。が、視界の先に、どうやら様子を見に

来たらしい富岡の姿を認めたため、

「それじゃな」

と田宮は赤い顔のままそれだけ言うと、高梨が何を言うより前に電話を切った。

「あれ、もう終わったの？」

富岡が臆面《おくめん》もなく問いかけてくる。

「馬鹿じゃないか」

彼にもそう吐き捨て、田宮は席へと戻ろうとしたのだが、富岡はそんな彼の腕を摑んで足を止めさせた。

「なんだよ」

「ねえ、田宮さん、例の隣人――福井でしたっけ？　その後、田宮さんにちょっかいかけてきたりしてません？」

「……っ」

富岡の問いに、田宮が思わず絶句したのは、彼の言うとおり『ちょっかい』ではすまないような行為を受けたためだった。

「やっぱりね」

田宮のリアクションで、何も言われなくともそれを察したらしい富岡が、やれやれ、といわんばかりに溜め息をつく。

「だから言ったでしょ、危ないって」

ほんと、気をつけてくださいい、と富岡は告げたあとに、

「当分の間、僕が送り迎えしますよ」

と、too much としかいいようのないことを口にし、田宮を辟易《へきえき》とさせた。

「別にいいから」

「よくないでしょう。あいつの田宮さんを見る目、いかにも異常でしたもん。放っておくとロクなことになりません」

ここまで喋ると富岡はにやり、と笑い、田宮の顔を覗き込んできた。

「今日の帰宅は八時前でしたっけ？　ちゃんとお送りしますよ」

「お前、人の電話に聞き耳立ててるなよなっ」

帰宅時間まで把握されているとは、と呆《あき》れつつ、田宮は富岡の頭をぺし、と殴ると、

「いて」

と顔を顰《しか》めた彼を心配させまいと、敢えてきつい口調で言い捨てた。

「確かに隣はちょっとおかしい奴だったけど、そんな、お前に送り迎えしてもらうほどの危機感はないから」

それじゃ、と席へと戻ろうとした田宮の腕を、富岡がまた摑む。

「なんだよ」

「田宮さんの気遣いには感動しますけど、僕なんかを気遣ってくれなくていいですから」

富岡はそう言ってにっこり微笑んだのだが、

「別に気なんか遣ってないけど」

と口を尖《とが》らせる田宮を前にその笑いは苦笑に変わった。

「とりあえず、今日は『良平《りょうへい》』が戻るそうだから邪魔はしませんけどね、最近の若者は何をしでかすかわからない怖さがありますから、今夜にでも『良平』にはちゃんと打ち明けてくださいね」

言いたいことだけ言い終えると富岡は田宮の腕を離し、

「戻りましょうか」

と微笑んだ。

「……富岡……」

いつもながらの思いやり溢《あふ》れる彼の言動を目《ま》の当たりにした田宮の口から、思わず彼の名が漏れる。

「いいですか？　心配かけたくないからっていうのはナシですよ」

富岡はそう言って微笑むと、田宮の背を促し席へと戻り始めた。

「しかし、ほんとに油断も隙もありませんね。学生の分際で田宮さんにちょっかいかけるなんて、あり得ない」

戻る道すがら、富岡はぶつぶつと文句を言っていたが、彼の手はしっかりと田宮の背に回っていた。

油断も隙もないのは自分もだろう、と思いつつも田宮は、富岡の気遣いには礼を言わねば、と頭を下げた。

「いろいろ悪いな。でも大丈夫だから」

「『大丈夫』に根拠がなさすぎですよ」

またも、やれやれ、と、富岡が溜め息をつく。

「いいですか？　絶対に高梨さんには報告してくださいね？　約束ですよ？」

「わかってるって」

しつこく高梨の名を出す富岡にそう答えはしたものの、実際田宮は、一連のできごとを高梨に告白することを躊躇《ためら》っていた。

ただでさえ忙しい高梨を、あんなくだらないことで煩わせたくない。相手は十歳は下の大学生だ。自分で解決できずにどうする。

そう考えていた田宮の心を読んだかのように、富岡がぼそりと耳元で呟く。

「……やっぱり、明日から迎えに行きますよ」

「別にいいって」

これだと本当に来かねない、と慌てて首を横に振る田宮に、

「だって心配なんですもの」

と富岡が口を尖らせる。

「可愛いこぶるな」

「もともと可愛いんですよ」

そんなふうにじゃれ合いながらも席に戻った田宮は、今日は残業になるまいと仕事に集中し、定時のベルとともに会社を飛び出した。

夕食のメニューを考え、疲れているであろう高梨を思いやり、肉にしようか、とメニューを考える。

がっつりした肉料理がいいだろう。彼が好きなカツ丼にでもしようか、とメニューを決め、そのために必要なものをざっと思い浮かべると、家に戻る前にスーパーに寄ることにした。

帰宅が八時であるのなら、三十分ほどで支度を終えねばならない。となるとカツをあげている時間はないか、などと考えながら地下鉄に揺られ最寄り駅へと辿《たど》り着く。

買い物をすませ、アパートへと戻る道すがら、田宮はアパートの前でまたあの、宅配業者の少年の姿を見かけ、驚いて声をかけた。

「あれ、君……」

「あ、こんばんは……」

少年のほうではあまり驚いておらず、ぺこりと頭を下げたあとに、田宮が手にしていたスーパーのビニール袋をちらと見る。

「朝から晩まで大変だね」

それにしてもよく会うな、と田宮が少年の労をねぎらう。

「いえ………」

少年はそんな田宮に対し、愛想笑いと一目でわかるような笑みを浮かべると、そそくさとその場を駆け去った。

「？」

何か気に障ったのだろうか、と首を傾《かし》げつつ、田宮は階段を駆け上がると一番奥の自分の部屋を目指した。

福井の部屋の前を通るときには緊張したが、幸いなことに留守のようで物音一つ聞こえなかった。

それでも急いで鍵を開け、すぐにドアを閉めて鍵とチェーンをかける。やれやれ、と溜め息をつきながらも田宮は、こんな毎日が続くのであればやはり、福井ときっちりと膝《ひざ》を詰めて話をすべきだろうな、と考えた。

その機会をどうやって持とうか、と田宮は憂鬱《ゆううつ》ながらも考え始めたのだが、今はそれより食事の支度だ、と思考を切り替え上着を脱ぐとキッチンへと向かった。

八時には帰宅するという高梨のために、田宮がおおかたの支度を終えたのは、七時半を回った頃だった。

ピンポーン。

ドアチャイムの音が響いたのに、まだ早いな、と思いつつも田宮は「はーい」と声をかけ、玄関へと走った。

ドアを開こうとして、高梨であればこの状態で『ただいま』と声をかけてくるかと気づく。もしや福井では、とはっとし、

「あの、どちらさまですか？」

と問いかけた田宮の耳に、聞き覚えのある細い声が響いてきた。

「あ、あの、宅配便です」

「ああ、すみません」

宅配業者のあの少年か、と田宮は急いでドアを開いた。外には先ほど見かけたばかりの少年が酷くおどおどとした様子で立っており、その手には小さめのダンボールが抱えられていた。

「受け取り、お願いします」

少年は愛想よく笑いかけた田宮からなぜか目を逸《そ》らしたまま、ダンボールを差し出してきた。

「あ、はい」

いつもサインですませているので、同時に差し出されたボールペンを手にとり、伝票に名を書く。

宛名を見ると高梨で、差出人は彼の姉、さつきだった。へえ、と思いつつ田宮はサインを終えると、

「はい」

と伝票とペンを少年に差し出した。

「……ありがとうございました」

少年は相変わらず目を伏せたままそれらを受け取ると、ぺこりと頭を下げ立ち去ろうとした。

「どうもありがとう」

その背に声をかけ、田宮がドアを閉めかけたとき、少年が不意に振り返ったかと思うと、

「あのっ」

と思い詰めたように声をかけてきた。

「はい？」

なんだ、と目を見開いた田宮の前で、少年は一瞬、はっとした顔になったものの、すぐに意を決した様子となり、早口でこう告げた。

「できればこれから出かけてください」

「え？」

何を言われたのかわからず、田宮が問い返したときには、少年は既に駆けだしていた。

「君？」

田宮はあとを追おうとしたが、ちょうどそのとき、少年と入れ違うようにして高梨が階段を上ってきた姿が見えたものだから、彼の意識はすぐにそちらへと逸れた。

「良平！」

声をかけるより前に高梨は田宮に気づいたらしく、

「お出迎え？」

と嬉しそうに笑いながら駆け寄ってきた。

「ただいまのチュウ」

ドアの外で唇を塞《ふさ》ごうとしてきた彼の胸を田宮は押しやり、早く中へ、と促す。

「ごろちゃん？」

「いや、人目があるからさ」

田宮の気遣う『人目』は隣室の福井だった。部屋にいるのかいないのか判断はつかないが、じっと聞き耳を立てられている可能性はあると思うとぞっとする。そう思ったがゆえに田宮は高梨を部屋の中へと導いたのだが、何も知らない高梨はそんな彼に違和感を覚えたらしく、

「どないしたん？」

と問いかけてきた。

「いや、なんでも」

福井のことを打ち明けるつもりがなかった田宮は笑って誤魔化そうとしたが、敏腕中の敏腕刑事と評判が高い高梨がその程度のことで誤魔化されることはなかった。

「なんでもないことはないやろ？　どないしたん？」

尚も問いかけてくる高梨の追及をかわそうと、田宮はまだ手の中にあった彼宛の荷物を差し出し、注意を向けさせることにした。

「あ、良平、これ、さつきさんから。今届いたよ」

「え？　姉貴から？」

高梨が驚いたように目を見開き、田宮から荷物を受け取った。

「なんも言ってこんかったけど、なんやろ？」

言いながら高梨が送り状を見て「ん？」と疑問の声を上げる。

「なに？」

どうしたのかな、と思い問いかけた田宮に、

「いや、姉貴の字とちゃうと思って」

と高梨は答えながら、荷物を開こうとした。が、すぐにはっとした顔になると、手を止め、荷物に耳を近づけた。

「良平？」

どうしたのだ、と問いかける田宮には答えず、高梨は難しい顔をしたまま部屋に上がり、荷物をダイニングテーブルに下ろす。

「良平？」

尚も田宮が問いかけると、高梨は、己の唇に人差し指を立て、静かに、と田宮を黙らせた。

尋常ではない雰囲気を察し、田宮は、わかった、と頷くと、高梨がそっと荷物を開くさまを背後から心配を胸に見つめていた。

伝票を丁寧にはがし、ガムテープを剝《は》がす。そうして箱を開いた高梨の口から、

「あ」

という声が漏れた。

「？」

何、と彼の背中越しに箱の中を見た田宮は、緩衝材が詰まった箱の真ん中に、小さな黒い物体を見いだした。

デジタルの赤い数字が見えたが、どうやらタイマーらしいとわかる。

『01:30』

カチカチという音とともに一秒ごとに数字が減っていくのを見ていた田宮の前で、顔面蒼《そう》白《はく》になった高梨が周囲を見回したかと思うと、箱を抱えたままベッドへと走り、布団の中に

それを突っ込んだ。

あとを追おうとした田宮を振り返り、高梨が、

「ごろちゃん！」

と叫ぶようにして声をかけ、駆け寄ってきて彼の手を摑みそのまま玄関へと向かう。

「良平？」

「外へ‼」

どうしたのだ、と問いかけようとした田宮を急《せ》かし、高梨は手を摑んだまま外へと出ると、外付けの階段を一気に駆け下り、路上に出た。

「良平、もしかして……」

彼の慌てようを見た田宮の胸に、まさか、という考えが宿ったそのとき、ドン、という大きな音がしたかと思うと、アパートの田宮の部屋のガラスが爆風で吹っ飛び火の手が上がった。

「……っ」

やはり、という思いと、そんな馬鹿な、という思いで部屋を見上げた田宮に高梨が、

「一一〇番と一一九番、頼むわ！」

と言葉を残し、階段を駆け上がっていく。

「良平！」

何がなんだかわからず、あとを追おうとした田宮を高梨が振り返り、

「危ないからごろちゃんは来たらあかん！　それより通報、頼むわ！」

怒鳴るようにしてそう告げると、一人階段を駆け上っていった。

あとを追いたい気持ちはあれど、まずは通報、とポケットに入れたままになっていた携帯を取り出し、上がる火の手を見ながら一一九番へとかける。

爆音を聞きつけた野次馬たちが早くも路上に集まっていた。同じアパートの住人たちも、何事かというように外に出て、上がる火の手を見て慌てた様子となっている。

それらを横目に見ながら、応対に出た消防署の人間に、住所を告げる田宮は、茫然《ぼうぜん》自失の状態だった。それでも電話を切り終え、次には一一〇番、と携帯を操作する彼の目の端に、見覚えのある人物の姿が過《よ》ぎる。

「……あ……」

田宮の口から驚きの声が漏れたが、すぐに電話が繋がり、田宮の視線に気づいたらしく慌てて駆けだしていったその後ろ姿を追うことができなくなった。

『もしもし、どうしました？』

電話の向こうから響いてくる声に、状況を説明しながらも、田宮は姿を消した制服姿の彼を——宅配業者の少年の顔を頭に思い描いていた。

7

宅配便で届けられた小型爆弾による爆発は幸い小規模にとどまり、火の手も田宮の部屋から広がることはなかったものの、部屋は爆破後に起こった火事と、それを消火するための放水を受け既に人が立ち入れるような状態ではなくなっていた。

呆然とする田宮に高梨は、

「僕の官舎に行こう」

と声をかけ、集まった捜査員たちに、事情聴取は後ほど自分が警察に出向いて応じるという言葉を残し、田宮と共にタクシーに乗り込んだ。

「大丈夫か？」

車中、なんども高梨は田宮に尋ねてきたが、問いかける彼の顔こそ真っ青だ、と田宮は高梨を見返し、そのたびに「大丈夫」と頷いてみせた。

「官舎ってどこだっけ？」

『大丈夫』であることを示そうと、敢えて明るく問いかけると、

「九段下や」

と高梨も笑って答えてくれたが、相変わらず顔色は悪かった。

「大丈夫か？」

自分よりもショックを受けているのではないかとおぼしき彼に、田宮が問いかける。

「…………ほんま、かんにん」

そんな田宮に対し高梨が深く頭を下げた。

「良平が謝ることじゃないよ」

高梨の手を田宮がぎゅっと握り、顔を覗き込む。

「……いや……僕のせいや」

爆発した宅配便は高梨宛のものだった。それだけでなく自分に届いた脅迫状について、もっと注意を払うべきだったと、それを高梨は猛省していた。

すべては遅いが、と溜め息をついた高梨は、田宮にまたもぎゅっと手を握られ、はっと我に返った。

「……ごろちゃん……」

「お互い、無事でよかった。良平の咄嗟の判断がよかったんだと思う。アパートも俺の部屋以外は無事だったみたいだし、ほんとにあの場に良平がいてくれてよかった。俺一人だったらおろおろするばっかりで、大事故につながったと思うし」

だから気にしないでくれ、と微笑む田宮の手を高梨は感激のあまり握り返すことしかできずにいた。

本人に言えば照れまくる――以上に、恒例の『馬鹿じゃないか』と呆れられるであろうから口にはできなかったが、本当に天使のような優しい心根だと感動せずにはいられない。どう考えても田宮は自分の割を食ったとしかいえない立場である。自分の部屋を爆破されたというのに、なぜこうも思いやり溢れる言葉を口にすることができるのか。

一歩間違えれば死ぬところだったかもしれないのに、と胸を熱くする高梨の手を、田宮が一段と強い力で握りしめる。

「それより、心配なのは、誰があんなことをしたかだよね」

「…………ああ……」

運転手に聞かれることを気にしたらしく、ぼやかした表現ではあったが、高梨には田宮の言いたいことがすぐにわかった。

「ほんま、かんにん」

「だから良平が謝ること、ないんだって」

苦笑し、また高梨の手をぎゅっと握る。温《ぬく》もりと同時に田宮の心の温かさも伝わってくる気がして、ますます胸を熱くしながら高梨もまた強く彼の手を握り返した。

「すごいな」

官舎に到着後、室内を見渡し田宮が感嘆の声を上げた。

「ずっと帰ってなかったさかい、埃《ほこり》っぽいけどな」

肩を竦める高梨に「すごいよ」と田宮が尚感心してみせたのは、官舎の広さと立派さにあった。

建物は古くはあるが、2LDKで、リビングは十五畳ほどある。あとの二室は寝室と書斎で、全室、あまり荷物らしい荷物はない。

最小限の家具はどれもシンプルだが品のいいもので、センスと実用性の両方を有している。一見しただけで、居心地のいい部屋であることがわかるのに、なぜ自分のあの狭いアパートに入り浸っていたのだろう、と心底不思議に思い、田宮は高梨をじっと見上げた。

「独身用の部屋がいっぱいだったさかい、この部屋になっただけや。まあ、今となってはラッキーやったな」

狭いよりは広い方がいいだろうと高梨は笑い、

「ゆっくりしとってや」

と田宮の肩を叩くと、

「そしたら、いってきます」

と唇にキスをし、部屋を出ようとした。

「良平、ちょっと話があるんだけど」

部屋から駆け出そうとする高梨の背に、田宮が慌てて声をかける。

「なに？」

「気になることがあるんだ」

「気になること？」

爆破の衝撃から立ち直った瞬間から、田宮には『気にな』って仕方がないことがあった。

「なに？」

眉《まゆ》を顰《ひそ》め問いかけてくる高梨に、田宮が、

「実は……」

と口を開く。

「あの、良平宛の宅配便を届けた宅配業者の少年なんだけど、どうも彼、中身が爆弾だと知っていたんじゃないかと思われるんだ」

「なんやて？」

思いもかけない田宮の言葉に、高梨が仰天した声を上げる。そんな彼に田宮は、少年と自分とのかかわりを簡単に説明したあと、少年が宅配便を渡す際、

『できればこれから出かけてください』

そう言葉を残し、立ち去っていったことを告げた。

「……ごろちゃんに世話になったさかい、安全を図ろうとしてくれた、いうわけか」

なるほど、と高梨は頷くと、田宮から宅配業者の名と少年の特徴を細かく尋ねた。

「わかった。そしたらいってくるわ。ごろちゃんはここから出たらあかんよ」

高梨は田宮に微笑むと、再び『いってきます』のチュウをし、警視庁に出向いて事情聴取を受けるべく玄関へと向かっていった。

「気をつけてな」

身の危険を心配すべきは高梨だろうに、自分のことを気遣ってくれる彼に申し訳なさを感じつつ、田宮はそう言い高梨を送り出した。

一人になってから田宮は、もう一度ゆっくりとそれぞれの部屋を見て回った。見れば見るほど、快適な部屋だ、と溜め息をつき、セミダブルとおぼしきベッドにどさりと腰を下ろし、そのまま仰向《あおむ》けに寝転んだ。

天井も高いな、と上を見上げる田宮の脳裏に、思い詰めた顔をした宅配業者の少年の顔が蘇る。

彼は確実に、あの荷物の中身が危険なものだと知っていた。なぜ彼はそれを知っていたのか。もしや、彼が送り主だったのか、という考えが田宮の頭に浮かぶ。

思えば、このところ彼と顔を合わせる機会は多かった。朝から晩まで仕事をしている、しかも田宮のアパートの近くで、という状況は確かに不自然ではある。

だが——と、田宮は少年の機転に助けられたときのことを思い出し、やはり信じがたい、と首を横に振った。

もしも彼が、爆弾を部屋に送るなどの悪巧みに参画しているのであれば、目立つ行動は避けるだろう。福井に言い寄られているところを、嘘をついてまで救ってくれるなどあり得ないに違いない。

しかし、部屋を空けたほうがいい、という彼の言葉は、彼が宅配物の中身を爆弾と知っていたということになり得る。

爆弾は小型だったようで、幸い、自分も高梨も怪我一つ負わずにすんだのだが、運が悪ければそれこそ死んでいたかもしれない。

そうまで人に恨まれる覚えは、田宮にはなかった。高梨にもないだろうと容易に想像できるが、現況を思うと、恨まれているということなのだろう、と田宮はまたも、深く溜め息をついた。

恨む対象が自分であるのならまだいい。だが、それが高梨であった場合、常に彼の身には危険が伴うこととなる。

それだけはなんとか回避できないのか、と対策を考えるも、良策は一つも浮かんでこない。家に爆弾を送りつけてくるような相手は、即、次なる行動に出るだろう。それを阻止するために、自分ができることはないかと田宮は考え、明日、アパートへと向かい、宅配便の少年を探して話をしよう、と心に決めた。

そのくらいしかできることはないから、と田宮は心の中で呟くと、それにしても、と驚くしかない現状を鑑《かんが》み、やれやれ、とまた溜め息をついた。

あのアパートは、大学在学中に借りたものだった。その後、殺人事件に巻き込まれた際にも、そして予期せぬストーカーにつきまとわれた際にも、引っ越すという選択肢はあったものの、敢えて田宮は引っ越しを避けてきた。

高梨には引っ越しを勧められたが、田宮は多忙と『面倒くさいから』という理由で断り続けてきた。

実際のところ、今後も高梨と二人で暮らし続けるのであれば、あのアパートは狭すぎることは、田宮にもわかっていた。

加えて、駅からそう近いわけでもなく、便宜的なことを考えればそうも執着する理由はなかったのだが、それでも田宮が引っ越しを躊躇うその理由は、彼がかつて巻き込まれた殺人事件にあった。

十年来の親友と思っていた男が田宮を陥れ、殺人犯に仕立て上げようとした。その目的が果たせないことが明らかになると、あろうことか田宮を犯し、自殺の道連れにしようとすらした。

その危機は高梨のおかげで脱することができたのだが、そのような目に遭って尚、田宮にとってその友人は——里見《さとみ》という名の男は、『親友』であり続けた。

彼が亡くなったのが田宮のあのアパートだったため、田宮は引っ越しを躊躇ってしまっていたのだが、高梨もまた田宮の気持ちを汲《く》み、狭いことを承知であの部屋に住み続けてくれていた。

しかし、もうあの状態になったら、住むことはできないだろうな、と、田宮は『惨状』といっていい室内の様子を思い出し、深く溜め息をついた。

あまり物に執着することのない彼ではあったが、あらゆる『思い出の品』が消え失《う》せてしまったと思うと、やはりショックを覚えた。

里見の写真も、彼とやりとりした年賀状も、そして、高梨と旅行に行った際の写真や、記念にと購入したその土地土地の土産物も、何もかもが燃えてしまった。

思い出など、自分の胸の中にあればいいのだ。そう自身に言い聞かせても、どうしても一抹の寂しさを覚えてしまう。

女々しいぞ、と自分を叱咤《しった》し、田宮はベッドから身体を起こすと、確かに少し埃っぽく感じる室内をきれいにしようと掃除を始めた。

身体を動かしていると、あまりあれこれ考えずにすむ。今は頭の中を空っぽにしたいのだ、と思いながら田宮は、これからしばらくの間、自分が世話になるであろう高梨の官舎の部屋を、それこそすみからすみまで、少しの埃もないよう掃除し続けたのだった。


その頃高梨は、金岡《かなおか》課長より直々《じきじき》に事情聴取を受けていた。

「やっぱりあの脅迫状は悪戯《いたずら》ではなかったということだな」

「ええ」

頷いた高梨の肩を金岡は力づけようという意図のもと、バシッとかなり強い力で叩くと、

「それで？　何か心当たりは？」

と問うてきた。

「僕自身にはまるでないんですが、ごろちゃんから気になるネタを仕入れました」

「え？　『ごろちゃん』が？」

問い返してくる課長に高梨は「ええ」と頷くと、田宮から聞いた話をかいつまんで説明した。

「そりゃ、決まりじゃないか」

金岡はそう言うと、すぐに捜査一課の捜査員を宅配便業者に向かわせ、当該の少年の特定を急いだ。

少年の身元はすぐに知れた。宅配業者のアルバイトには運転免許証の所持が必須であるため、採用した配送センターには少年の免許証のコピーが残っていた。

少年の名は朝阪悠紀夫《あさざかゆきお》といい、田宮の話では二十歳《はたち》前かもしれないということだったが、実年齢は二十二歳だった。

配送センターのセンター長が彼に連絡を取ろうとしたが、既に高飛びでもしたのかつかまらず、それで捜査員たちは免許証と履歴書にあった現住所のアパートに向かったが、三ヶ月前に引っ越していた。

高梨のもとにはすぐ、少年の免許の写真と名前が送られてきたが、少年の名も顔も、まるで覚えがなかった。

少年にも、そして九州に住んでいる彼の家族にも逮捕歴はなく、高梨とのかかわりは見いだせずにいた。

その後捜査員たちが総出で朝阪の行方を捜すと同時に、彼の人間関係などを聞き込んだ結果、朝阪が都内の私大を去年から休学していることと、アパートをよく訪れていた友人がいることがわかった。

その友人の名はすぐにわかった。朝阪が大学に通わなくなったきっかけとなった人物だったからで、朝阪と学内で比較的仲良くしていた友人がバツの悪そうな顔で状況を教えてくれた。

「刑務所に身内が入ってるような人間と、仲良くしないほうがいいって言ったんですよ。そしたら、翌日から大学に来なくなってしまって……」

その友人は、朝阪とよく一緒にいる男がどうもまっとうには見えなかったことが気になり、朝阪と高校が一緒だった友人に尋ねたところ、それが中川《なかがわ》という朝阪の中学・高校時代からの同級生であることがわかった。

同時に、中川が今は大学に通っているわけでも定職についているわけでもないことや、彼の身内が犯罪者であることを知った彼は、朝阪に対しよかれと思ってそうアドバイスをしたのだという。

「……泣きそうな顔をされてしまいました。まさか、大学に来なくなるほどのショックを与えてしまったとは思わなくて……」

その後、何度もその友人は、朝阪に連絡を取ろうとしたのだが、携帯電話にかけても着信拒否をされてしまい、それなら、とアパートを訪れたが、既に引っ越したあとだった。

「余計なお世話だったなあと、今では反省しています」

という友人の話に出た中川という名をもとに、朝阪の中学校や高校の同級生に聞き込んだ結果、それが『中川朔《さく》』という名の男であるとすぐにわかったのだが、その名の連絡を受けた際、高梨は頭を鈍器で殴られたような衝撃を覚えた。

「どうした、高梨」

顔色を失う高梨を前に、金岡課長が驚きの声を上げる。

「……中川……ですわ……」

青ざめた顔のまま高梨がそう告げた、それを聞き金岡もまた、はっとした顔になった。

「……中川宗一《そういち》か……先月獄中で亡くなったという……」

「……はい」

高梨が頷き、ぼそりと呟く。

「中川の弟なら、僕を恨んでいても仕方ないですわ……」

「何を言う、高梨。中川が亡くなったのはお前のせいじゃないだろう」

金岡が俯《うつむ》く高梨の肩を摑み、強く揺さぶる。

「中川は病死だった。お前が恨まれる筋合いはない」

「しかし、彼を逮捕したのは僕やさかい……」

慰めは嬉しい、と微笑みつつも首を横に振る高梨に、金岡が厳しい声を出した。

「中川は罪を犯した。逮捕するのは当然だろう！　どうした、高梨、しっかりしろ！」

「…………すんません……」

金岡の檄《げき》に、高梨ははっとした顔になったあと、そう言い項垂れた。

「……気持ちはわかる。だが、お前は中川宗一の弟に——中川朔に恨みを買うようなことは一切していない。いわばこれは彼の逆恨みだ。弟にこれ以上、罪を重ねさせないためにも我我は彼を一刻も早く逮捕する。いいな？」

「はい。申し訳ありませんでした」

金岡の言葉に、高梨が力強く頷く。そんな彼の肩を金岡はぽんと叩くと、

「今日はもう、帰っていいぞ」

と微笑んだ。

「いや、しかし」

自分も捜査にあたりたい、と高梨は申し出ようとしたのだが、金岡は一変して厳しい顔となり、首を横に振った。

「中川はお前の命を狙っている。爆破が失敗したとわかり、また、朝阪から足がついたと察すれば、自棄《やけ》になった挙げ句に何をしでかすかわからない。お前は自宅待機だ」

官舎には護衛をつける、という金岡に対し、高梨はきっぱりと首を横に振った。

「いえ、僕も捜査にあたらせてください。中川の弟に背を向けるような真似はしたくないんです。僕を恨んどるいう、彼の気持ちを正面から受け止めてやりたいんですわ」

「危険とわかっているのに敢えて許可はできない」

「自宅におっても危険は危険です。僕一人のせいで官舎におる警察官の家族全員を危険に晒すわけにはいきません」

金岡は拒絶を続けたが、結局は高梨の粘り勝ちとなった。

「わかった。だがくれぐれも、無茶はしないように」

渋々折れた金岡に高梨は、

「わがまま言ってほんま、すみません」

と頭を下げると、既に捜査にあたっている一課の面々と合流すべく警視庁を飛び出していった。

中川が生活の拠点としているとおぼしき新宿へと覆面パトカーで向かいながら高梨は、一度だけ顔を合わせたことがある中川朔のことを思い起こしていた。

中川のほうではおそらく、高梨に気づいていなかっただろうと思われる。遭遇した場所は中川の兄が拘留されていた留置所の面会室の前で、高梨が面会を終え、入れ替わりに弟の朔が入っていった際、すれ違ったのだった。

今から二年ほど前のことになるが、朔は朝阪の友人が言うような『まっとうな人間には見えない』という様相はしていなかった。

服装などから、左官の仕事をしているのでは、と推察できる短髪の青年で、次に面会に行った際、中川から弟が留置所近辺の工事現場にちょうど詰めており、頻繁に面会にきてくれるという話を聞いた。

「拘置所に面会なんぞに来たら、ヤバい身内がいると知られるから、やめておけって言ってるんですけどね」

困ったもんだ、と肩を竦めながらも嬉しそうだった中川の顔を思い出す高梨の胸が痛みに疼《うず》く。

中川は暴力団の幹部で、対抗組織の幹部を殺害し逮捕された。手錠をかけたのは高梨だったが、幹部の彼をかばい組のチンピラが自首してきたのを身代わりと見抜き、最終的には中川自身に自首をさせたのだった。

もともと『身代わり』を仕立てていることからもわかるとおり、当然ながら最初のうちは、中川は犯行を否認し続けた。

身代わり自首をしてきた若いチンピラは凶器も持参していたし、犯行当夜のアリバイもなかった。こういった場合、状況証拠だけでなく、『自首』もしていることから、そのまま送検となるケースが多いのだが、それでも高梨は、無実の人間を逮捕し、実際に罪を犯した人間を野放しにすることはできないと地道な捜査を続けると同時に、何度も中川を訪ね自首を勧め続けた。

「やってねえって言っててんだろ」

そう言い張っていた中川だが、高梨の、身代わり自首を引き受けた若いチンピラは、犯してもいない殺人の罪を一生背負っていくことになるという言葉や、人に罪を償ってもらったからといって、自ら犯した罪が消えるわけではない、という言葉にやがて耳を傾けるようになり、ついには高梨の前で『私がやりました』と頭を下げた。

同時に組で行っていた覚醒剤《かくせいざい》取引が摘発されたり、また、以前にも中川が対抗組織の組長狙撃《そげき》にかかわっていたことも明らかになり、余罪がかさんだために彼には懲役十五年の判決が下り、服役することとなった。

高梨はそんな彼の面会に、拘置所にも刑務所にも、何度か通った。逮捕前の中川は、気性の荒い、口よりも先に手が出るようなタイプであったが、刑務所内での彼は模範囚であり、高梨との面会を喜んでいた。

最後に面会したのは今から三ヶ月ほど前だった。酷く痩《や》せ顔色が悪かったのを心配し問いかけると、

「いやあ、ちょっと風邪引いちゃって」

と中川は頭をかいていたが、実際、そのときには彼の身体には病魔が巣くっており、当人には病名も知らされていた。

末期の癌《がん》で、余命幾ばくもなかった、と高梨が知ったのは、刑務所から高梨宛に届いた中川死亡の連絡を受けたときだった。

知っていれば見舞いに行ったものを、と高梨は三ヶ月前に見た中川の青い顔を思い起こし、やりきれない気持ちを抱いたのだった。

獄中で兄を亡くした弟が、逮捕した自分を恨む気持ちはわからないでもない――高梨の頭に、二年前にちらと見た中川朔の顔が浮かぶ。

彼の気持ちを自分は正面から受け止めるべきであり、既に爆弾を送るという罪を犯している彼を暴走せぬよう止めるのも自分の仕事だ。高梨は心の中でそう呟くと、少しも早く中川朔を見つけねば、と覆面パトカーのアクセルを踏み込んだのだった。

8

翌日、田宮は事情を上司に説明し、会社を休んだ。出社したくてもスーツもなかったし、そればかりか下着や普段着も一切なく、当座の生活をするのに必要なものを買いに行かねばならなかったためだった。

上司は驚きながらも、すぐ有休の許可を与えてくれただけでなく、そういうことなら後片付けもあろうから、数日休んでかまわないと優しい言葉をかけてくれた。

「ありがとうございます」

今、田宮の課は大きな案件を抱えており、自分が一人数日抜ければ他の課員たちの負担になることはわかっているのに、その心遣いが嬉しい、と田宮は課長に礼を言い、おそらく明日には出社できる、と告げて電話を切った。

と、次の瞬間携帯が鳴ったかと思うと、ディスプレイには勝手に本人により登録された『あなたの富岡』という名が浮かび上がった。

おそらく今の電話を聞いていたのだろう、と田宮は察し、このまま放置しようかとも思ったのだが、応対に出ないと訪ねてきかねないと思い、渋々電話を取った。

「はい、もしもし」

『田宮さん！　大丈夫ですか？』

いかにも心配そうに問いかけてきた富岡に田宮は、

「大丈夫だ。ありがとな」

と答え、すぐに電話を切ろうとしたが富岡はどこまでも粘った。

『部屋が爆破って、全然大丈夫じゃないじゃないですか』

「お前が大丈夫かって聞いたんだろ」

切るぞ、と言う田宮の耳に、富岡のやたらと切羽詰まった声が響く。

『今、どこです？　大丈夫だっていうなら顔、見せてください』

「今は安全なところにいるよ。お前、仕事あるだろ？　それじゃな」

我ながら冷たいと思いながらも、田宮はそれだけ言うと、話しかけてくる富岡を無視し電話を切った。

予想通りすぐにかけ直してきた電話を無視していると、留守番電話に切り替わったのだが、いやな予感がして聞いてみると、予感は的中していたことがわかった。

『富岡です。田宮さんのアパートに行ってみます。それじゃ、また』

「だから」

自分の仕事をしろ、と言うために田宮は富岡の携帯を鳴らした。

『あ、田宮さん、留守電、聞いてもらえました？』

「あのな、アパートは今、立ち入り禁止だ。俺は怪我もしてないし、全然大丈夫だ。今日休むのは洋服や下着なんかがまったくないからで、体調の問題じゃない。わかったな？」

切るぞ、と電話を切ろうとした田宮の耳に、富岡の訝《いぶか》しげな声が響く。

『ないのは洋服関係だけ？　ということは今、田宮さん、どこにいるんです？　生活用品が必要ないってことは、ホテルとかじゃないですよね？』

相変わらず鋭い突っ込みをみせる富岡は、さらなる鋭さを見せ、突っ込んできた。

『あ、もしかして「良平」の家じゃないですか？　あの人、自分の住居、解約してなかったんだ。そうでしょう？』

「どうだっていいだろ？　それじゃな」

今度こそ、と電話を切ろうとした田宮に、富岡がしつこく声をかけてくる。

『いずれにしろ心配だから行きますよ。買い物にも付き合いたいし』

「お気持ちだけありがたく受け取っておくよ。それより仕事してくれ。それじゃな」

この場所を告げなければ、富岡も来ようがないだろう、と、田宮は電話を切ると、もうかけてくるなという意思表示のため電源を落とした。

その後、シャワーを浴び、昨日のうちに洗濯しておいた唯一のシャツを身につけ、スラックスをはいて外へと出た。

いつもスーツを買うのは新宿の百貨店だったので、そこに向かうことにする。地下鉄に揺られながら、昨夜は結局帰ってこなかった高梨の身を案じ、地下鉄を降りたら電話をしてみようかなとちらと考えたが、捜査中に邪魔はよくない、と思い直し、携帯をポケットに戻した。

もしもこのとき田宮が電話を取りだしていれば、自分が電源を切ったままであったことに気づいただろう。そうはしなかったことで己の身が危機に晒《さら》されることになろうとは、未来を見通す力のない田宮に予想できるものではなかった。

百貨店でスーツやシャツを一式そろえると、かなりの荷物になったので一旦《いったん》売り場に預け、靴を買うべく他の店舗に田宮は向かった。

かなり散財することになり、これでボーナスが吹っ飛ぶな、と溜め息をついたものの、まあ、仕方ないかと肩を竦め、またも靴を売り場に預けて今度は下着や普段着を買いに百貨店の外に出る。

いつも普段着を買うことが多い店に向かおうと中央通りを渡ろうとした田宮の目に、見覚えのある男の顔が過ぎった。

「あ」

　声を上げたと同時に田宮は男に向かって駆け出していた。というのも、彼の目がとらえたのは、爆弾入りの宅配便を届けて寄越したあの美少年だったためである。

「ちょっと！　君！」

　見失いそうだったので呼びかけると、少年ははっとしたように振り返ったあと、田宮の姿を認めたらしく、全速力で駆けはじめた。

「待ってくれ！　おい！」

　田宮も少年のあとを、通行人を避けつつ必死で追いかける。少年が路地を曲がったので田宮も路地を曲がり、更に細い道に曲がるのを同じく追いかける。少年の運動能力は見かけによらず高いようで、スピードは落ちず、田宮は息苦しさを覚えてきたが、それでも、なんとしてでも彼から話を聞かねば、という思いで駆け続けた。

　少年は確かに爆弾を届けた相手ではあるが、その際、田宮に対し『出かけたほうがいい』というアドバイスをしてくれた。それに、福井に迫られ困っているときにも、助け船を出してくれている。

　彼自身はきっと、悪人ではない。爆弾を届けたのにも何か事情があったはずだ。その思いから田宮は少年を追いかけたのだが、自分がいかに危険な行動をとっているかという自覚は持っていなかった。

何度目かの路地を曲がったとき、田宮は少年の姿を見失ったが、それでもあとを追おうと、駆け続け、細い道に気づいてその角を曲がろうとした。

「うっ」

その瞬間、目の前に立ち塞がった長身の男にいきなり腹を殴られ、屈み込んだところ、首筋に手刀を打ち込まれた。

「………」

目の前が真っ暗になり意識が遠のいていく。

「朔！」

少年の細い声を聞いた記憶を最後に、田宮はその場で気を失っていった。

「う………」

腹に鈍い痛みを覚え、田宮が薄く目を開く。見覚えのないその場所は人の住居に見えた。古く、狭いアパートの一室のようである。築何年かと思われるような古い建物ではあるようだが、室内は質素ながら綺麗《きれい》に整頓《せいとん》されていた。

自分が横たわっているフローリングも傷は多いが磨かれている。ここは一体どこだ？　と周囲を見渡そうとしたとき、自分が後ろ手に縛られていることに今更気づいた。

手ばかりではなく、足も膝と足首でしっかり縛り上げられている。どういうことだ、と今の状況に唖然《あぜん》としていた田宮の頭に、宅配業者の少年の顔が浮かんだ。

「……あ……」

彼を追った結果、こうして捕えられたということは、やはり彼は『悪人』の一味だったということか。

爆弾を配達したときからそれはわかっていたものの、自分を危機から救おうとしてくれた少年を田宮は、どこか信用していた部分があった。

だが、こうして拉致《らち》に手を貸したとなると、その判断は間違っていたかもしれない、と溜め息をついたそのとき、ドアが開く音と共に、低い男の声が響いた。

「気がついたようだな」

声の主を振り返った田宮の目は、チンピラにしか見えない若い男と、その背に隠れるようにして立っていた宅配業者の少年をとらえた。

「……一体これはどういうことなのかな？」

チンピラにはまるで見覚えがない。そう思いながら田宮は少年に声をかけたのだが、少年は田宮に話しかけられると、はっとした顔になり、男の背に完全に隠れてしまった。

「どういうこともこういうこともないさ。これからあんたの恋人に電話してここへと呼び出してもらう。いやだというのなら、殴ってでもさせるよ？」

少年のかわりにチンピラがそう言ったかと思うと、大股《おおまた》で田宮に近づき、肩を蹴った。

「……っ」

容赦ない蹴りに本気を感じ、田宮がチンピラを睨んだのと、

「やめろよ、朔！」

と少年が叫んだのが同時だった。

「うるせえ、てめえは黙ってろ」

少年を振り返り怒鳴りつけたあと、チンピラは着用しているどう見ても安手のスーツの内ポケットから携帯電話を取り出すと、

「高梨良平の携帯は何番だ？」

と田宮に尋ねた。

「…………」

やはり目的は高梨か、と田宮はチンピラを睨む。

「何番だ？」

チンピラがまた、田宮の肩を強く蹴った。

「朔、お願いだから……っ！　この人、凄くいい人なんだよ」

またも少年が縋《すが》りつくのを、

「うるせえって言ってんだろ！」

とチンピラが振り払う。

「あっ」

勢いあまって少年が倒れ、壁に頭を打った。

「大丈夫か!!」

高い音がしたことを案じ、田宮が少年に声をかける。

「だ、大丈夫です……」

少年がよろよろと起き上がり、

「ね？」

と、やはり心配そうな顔をしていたチンピラを見上げる。

「……………」

その様子を見ていた田宮は、このチンピラもまた、少年にとっては『いい人』なのではないかと気づいた。

それなら話ができるかもしれない、と考え、チンピラを見上げながら口を開く。

「良平に……高梨さんに、何か言いたいことでもあるのか？」

「言いたいこと？」

少年のことは案じていたチンピラだったが、田宮に対してはそんな心は少しもないようで、むっとした顔になったかと思うと、今度は田宮の腹を蹴ってきた。

「やめてよ！」

少年が駆け寄り、田宮と男の間に割って入る。

「どけよ」

「どかない」

「どけって！」

そうして二人はしばらく言い争っていたが、折れたのはチンピラだった。

「ああ、わかったよ。もう蹴らない。それでいいだろ？」

チンピラはそう言ったかと思うと、ぽん、と少年の肩を叩き、次にじろりと田宮を睨み下ろした。

「言いたいことは山ほどある。俺の兄貴が死んだんだ。高梨良平って野郎に逮捕されたおかげでよ」

「……え……？」

『死』という言葉を聞いた田宮の口から、思わず声が漏れる。そんな田宮を睨み下ろしたまま、『朔』と呼ばれた青年は、その胸に渦巻いていたとおぼしき思いを吐露し始めた。

「高梨は俺の兄貴を騙《だま》して逮捕しやがったんだ。おかげで兄貴は服役することになり、獄中で死んだ！　もし逮捕されることがなきゃ、兄貴だって死ぬことはなかったんだよ！　全部、全部、逮捕しやがった高梨って刑事のせいだ……っ」

「お兄さんが獄中で亡くなった……？」

朔が興奮しているせいで、何を言いたいのか、田宮にはうまく伝わってこなかった。が、彼の兄が高梨に逮捕されたことと、獄中死したことはわかった、と、それを確認しようと問いかけると、横から少年がぽつりと答えてくれた。

「あの、癌だったんです。先日お亡くなりになりました」

「そうだったのか……」

死因は病気だった。気の毒ではあるが、それまでも逮捕した高梨のせいにするのはどうなのか、と田宮は朔を見上げる。と、朔は田宮の言いたいことがわかったようで、興奮した顔のまま、吐き捨てるようにしてこう言葉を続けていった。

「亡くなった兄貴の荷物から、日記が出てきたんだよ！　亡くなる直前の日記にはただ、『生きたい』『死にたくない』の文字しかなかった！　こんなところで死にたくない、自由に生きたい、その希望を高梨は卑怯《ひきょう》な手を使って兄貴から取り上げたんだ！　兄貴だってきっとあいつを恨んでるに違いない！　だから俺が兄貴の代わりにあいつに復讐《ふくしゅう》してやるんだよっ」

そう言い、じっと自分を見上げる田宮の胸ぐらを、

「わかってんのかっ」

と摑もうとしたが、それを少年が制した。

「朔、落ち着いてよ！　この人はまったく関係ないんだからっ」

「……君……」

あくまでも自分を庇《かば》おうとする少年を、田宮は思わず見やった。少年が田宮を振り返り、

「ごめんなさい……」

と小さく詫びる。

「なんだってこいつを庇うんだよ！」

田宮も不思議に感じていたが、朔もまた少年の行動に疑問を覚えたらしく、そう少年に問いかける。

「だって」

少年は思い詰めた瞳を朔に向けると、とつとつとその理由を説明し始めた。

「……君に頼まれて宅配業者のバイトをし始めたけど、僕、いつまでたっても慣れないし、それに力もないから、お客さんにもバイト仲間にも怒られてばかりだったんだ。でも、田宮さんだけは、いつも優しく笑ってくれるし、それに、荷物をばらまいてしまったときにも拾うのを手伝ってもくれたし……そればかりか、一つ、泥水で汚れてしまった荷物があったのを、一緒に謝りにいってくれたんだ。個人的にまったくなんのかかわりもない、ただの宅配便の配達員が困ってるからって、そんなに親身になってくれる人、いないよ。だから……だ

から僕は……」

「………………」

少年の大きな瞳からは、涙が零《こぼ》れ落ちていた。

「……学校でも、他のバイト先でも、こんなに優しい目に僕、遭ったことがなかった。友達は朔しかいなかったしね。でも、田宮さんは、自分のしたことを、たいしたことない、普通のことだって言うんだよ。僕にとっては全然普通じゃない、本当に嬉しかったことを、さも当然のように………こんないい人、いないよ。だから僕は……っ」

「わかった、わかったよ」

ぼろぼろと涙を零す少年を前に、朔は心底困った顔になると、ポケットを探りハンカチを取り出して彼に渡した。

「……ありがとう……」

そのハンカチを受け取り、顔を埋《うず》める少年と、じっと彼を見下ろす朔を見る田宮の胸にはまた、朔というチンピラがそう悪い人間には思えない、という考えが宿っていた。

「……なあ」

それゆえ田宮は朔に声をかけたのだが、途端に彼の表情は険悪なものになり、

「なんだよ」

と田宮をきつく睨みつけた。

「良平は……高梨刑事は、人を騙して逮捕するような男じゃない。『騙した』というのは本当なのか？　何かの間違いだと思うんだけど」

「うるせえな。本当だよ。兄貴の舎弟から聞いたんだ。身代わりが自首してたのを、あの高梨って刑事がつきまとった挙げ句にひっくり返したってな！」

「……それは……」

『騙した』ということにはならないのではないか、と問い質《ただ》そうとしたのを察したのか、朔が、

「うるせえって言ってんだろ！」

と田宮を恫喝し、携帯を目の前に差し出す。

「早く電話しろよ！　あの野郎に思い知らせてやる！　兄貴がこうも恨んでいたと！　日記を突きつけてやる!!」

「…………………」

どうするか、と田宮はぎらぎら光る目で自分を睨み付けている朔と、彼が差し出す携帯電話を代わる代わるに眺めた。

「ほら！　早く!!」

番号を言え、と急かしてくる朔をなんとか説得できないものか、田宮はそう考えていた。高梨を呼べば彼が自分を人質に、高梨に危害を加えることがわかりきっていたためである。

「あの……電話をする前に、お願いがあるんだ」

なんとか話を引き延ばし、その間に説得しようと田宮は考え、できるだけ朔を刺激しないようにと心がけつつ口を開いた。

「なんだよ」

だがその配慮も空《むな》しく、酷く苛立《いらだ》っている様子の朔は、今にも殴りかかりそうな勢いで田宮を睨み付けてくる。

「……あの、お兄さんの日記……俺にも見せてもらえないかな」

「なんだと？」

田宮が日記を持ち出したのは、そこに何か弟である朔を思いとどまらせるような記述がないかと考えたためだった。朔はむっとした顔になったものの、すぐに、

「俺の言うことが信用できねえっていうのかよ」

と言い捨てたかと思うと、またも内ポケットに手を入れ、手帳サイズの小さなノートを取り出した。

「ほら、見ろよ」

「あ」

朔がページをめくろうとしたとき、田宮の目はノートの表紙に書かれた名前を読み取っていた。

『中川宗一』

「なんだよ」

不意に声を上げた田宮を訝り、朔が——中川朔が問いかけてくる。

「……なあ、お兄さんのお墓、千葉の八柱《やばしら》霊園にあるんじゃないか？」

「え？」

今度は朔が驚きの声を上げる番だった。

「なんでそんなこと、お前が知ってるんだよ」

狐に摘《つま》まれたような顔で問いかけてきた朔を前にする田宮の脳裏に、八柱霊園で高梨が長い間拝んでいた新しい卒塔婆《そとば》を背にした墓石が蘇る。

『中川家之墓』

そうだったのか——あの墓の下に、新たに埋葬されたのは朔の兄だったのか、と、たった今知ったそのことを、田宮は朔に伝えようと急いで口を開いた。

「良平が……高梨刑事が墓参りに行ったのに同行したんだ。誰の墓とは教えてもらわなかったけど、墓石に『中川家』の文字があった。だからそうじゃないかと思って……っ」

「やっぱり高梨の野郎は、兄貴を殺した罪悪感を持ってたんじゃないかっ」

高梨は朔の兄のことを思いやっていたのだ、という田宮の考えは、朔にはまったく伝わらず、それどころか彼は高梨の墓参を罪悪感故と判断したようだった。

「ほら、見ろよ！　これ見てまだ、いえるかよ！」

そう叫び、田宮の前で手帳を開く。

「……っ」

そこには苦痛に耐えていたのがありありとわかる乱れた筆跡で、たった二つの言葉が繰り返し書かれていた。

『生きたい』

『死にたくない』

呆然とする田宮の前に再び携帯電話が突き出される。

「早く番号を言え！　そうじゃなきゃ、警視庁に直接かけるまでだ！」

再び興奮を煽《あお》られた様子の朔を前に、田宮はどうすればいいのだと迷いながら、差し出される携帯電話を見つめていた。


その頃、捜査にあたっていた高梨は、一人自宅に残してきた田宮のことが気になり、携帯に連絡を入れていた。

留守番電話につながってしまったため、何度かかけてみたのだが、それでもやはり留守番電話となったので、心配になった高梨は一旦家に戻りたいと金岡課長に申請、許可を得て官舎へと戻った。

「ごろちゃん？」

ドアチャイムを鳴らしても誰も応対に出ないため、鍵を開けて中へと入り、綺麗に掃除された室内を隈《くま》無く探したが田宮の姿はない。

最後に電話連絡をとった際、今日は出社しないと言っていたが、やはり会社に向かったのか、と、会社にかけてみたが、応対に出た女性に有休だと言われてしまった。

「…………どないしたんやろ……」

もしや東高円寺のアパートに向かったのだろうか。しかしそれなら携帯の電源を切るようなことはしないだろうし、と思い、高梨は急いで金岡課長に電話を入れると、田宮の携帯のGPSを辿ってもらえないかと依頼した。

『わかった』

犯人には——中川朔には、田宮の住所や顔、名前も知られていることがわかっているだけに、もしや誘拐されたのではと金岡も案じてくれ、すぐにGPS探索の手配をしてくれたのだが、携帯に電源が入っていないので探すことができないという結果となった。

「ちょっと前のアパートに行ってみますわ」

金岡から報告を受けた高梨がそう言い、電話を切った次の瞬間、彼の携帯が着信に震え、ディスプレイには『非通知』の文字が浮かび上がった。

「…………」

もしや、という予感のもと、高梨は応対に出つつ、録音ボタンを押した。

「はい、高梨」

『…………良平？』

電話の向こうから聞こえてきたのは、彼が案じてやまない田宮のものだった。

「ごろちゃん！　どないしたん？　今、どこや？」

なぜ『非通知』からかけてくるのか、と勢い込んで問いかけた高梨の耳に今度響いてきたのは、ドスをきかせた低い男の声だった。

『高梨刑事だな？』

「せや。君は中川朔君か？」

逸る気持ちが高梨に、思わずその名を呼ばせた。電話の向こうで相手がはっとした声を上げたことで初めて、自分が焦りすぎたことに気づく。

『…………』

沈黙した相手に、高梨が声をかける。

「……ごろちゃんはどこや？」

『西新宿のアパートだ。今から住所を言う。一人で来い。他に刑事を連れてきたら人質はすぐ殺す』

男はそう告げたかと思うと、続いて住所を一気に読み上げた。

『三十分以内に来い』

それだけ言うと男は電話を切ろうとした。

「待ってや！　ごろちゃんは無事なんやろうな？」

慌てて高梨が電話に向かい呼びかける。

『さっき声を聞かせただろう』

だが男は——朔はそう言うと、高梨に何も言わせる隙を与えず電話を切った。

「もしもし？　もしもし？」

呼びかけても携帯電話からは、空しく、ツーツーという機械音が響いてくるだけである。

呆然としかけた高梨だが、そんな場合ではない、とすぐに金岡に連絡を入れた。

『なんだって!?』

仰天した声を上げたものの、金岡はすぐに冷静さを取り戻したらしく、高梨がこれから向かうことになるアパートの住所を尋ねた。

「……僕、一人で行きますさかい」

だが高梨は金岡の問いには答えず、そう言い電話を切ろうとした。

『待て！　危険だ！　相手はお前を殺そうとしているんだぞ！』

怒声を張り上げる金岡に高梨は、

「ほんま、申し訳ありません」

と謝罪し、言葉を続けた。

「できることなら僕は、中川の弟に自首を勧めたい、思うてます。せやからどうか一人で行かせてください」

『駄目だ！　だいたい相手は人質まで取ってるんだろう？』

「ごろちゃんの命は何に代えても僕が守りますさかい」

もう時間がない、と高梨はそれだけ言うと、それ以上課長の拒絶の言葉を聞かずに電話を切ってしまった。

「……ほんま、申し訳ない」

電話に向かい頭を下げると高梨は、告げられた住所に三十分内に到着できるよう、部屋を飛び出しかけたのだが、はっとした顔になると書斎に取って返し、机の中から一通の封書を取り出して胸ポケットにしまった。

上着の上からその手紙を叩くと、高梨は、よし、と一人頷き官舎を飛び出した。

「待っとってや、ごろちゃん……」

外に停めていた覆面パトカーに乗り込み、エンジンをかけると高梨はそう呟き、焦る心を必死に抑え込みながら車を発進させた。

9

「すぐに来るみたいだぜ」

電話を切った朔は、田宮に向かい、ニッと笑いかけた。

「……良平が来たらどうする気だ？」

田宮の問いに朔はあっさり、

「そんなの、殺すに決まってるだろ」

と答え、肩を竦めてみせた。

「……それじゃ君は犯罪者になってしまう」

そう言う田宮の前で、朔の頬がぴくりと動いた。

「もう、この時点で犯罪者だろうがよ」

だが、口を開いたときには彼の頬には笑みが戻り、さも馬鹿にした口調でそう言うと、田宮からすっと目を逸らした。

「どうせ大勢、警官連れてくんだろ。その場で逮捕されておしまいだ。だからその前に、奴を殺すんだよ」

「良平は一人で来るよ」

吐き捨てるように告げた朔の声と、田宮の冷静な声がシンクロして室内に響く。

「わかるもんかよ」

「わかるよ。良平は嘘はつかない。君とも正面から向かい合って話したいと思ってるに違いないよ」

「馬鹿じゃねえの」

真摯な口調で話を続ける田宮に、心底呆れた、といった様子で朔はそう言うと、

「おい、朝阪」

と、近くで二人の様子をはらはらしたように眺めていた少年に声をかけた。

「な、なに？」

びく、と少年が身体を震わせ、朔を見る。

「お前もナイフ、持ってこい。高梨が来たらこいつに突きつけるんだ」

「…………」

少年は——朝阪は何か言おうとしたが、朔に、

「早くしろっ」

と怒鳴られ、慌ててキッチンへと走ると、果物ナイフを手に戻ってきた。

「よし、三十分以内に来いって言ったからな。そろそろスタンバっとけ」

朔に言われ、朝阪は「わかった」と頷くと、田宮の近くに座り込んだ。

「田宮さん、本当に申し訳ありません」

ぼそぼそと田宮に詫び、深く頭を下げる。つらくてたまらないといった彼の表情を見ては、田宮は一声かけずにはいられなくなった。

「君は何も悪くない。謝らなくてもいいよ」

そう言い、微笑んだ田宮の前で、朝阪の顔がくしゃ、と歪《ゆが》み、彼の大きな瞳からは涙がぽろぽろと零れ落ちた。

「な、泣かないで」

肩を叩き慰めてやりたいが、生憎《あいにく》両手は後ろで縛られている。それで田宮は手の甲で涙を拭《ぬぐ》う朝阪に優しく笑いかけたのだが、それらの行動は朔にとって癇《かん》に障るものだったようで、

「うるせえんだよっ」

と田宮と、そして朝阪を怒鳴りつけると、二人に歩み寄り、無理矢理ナイフを握った朝阪の手を取り田宮の胸のあたりまで持ち上げた。

「こうしとけって言ってんだよ！」

言い捨てる朔を、ぼろぼろ泣きながらも朝阪が睨む。

「お前、俺に協力するって言ったろ？」

途端に朔の声のトーンが下がったのに、田宮は思わず注目しそうになったのだが、じろり

と朔に睨まれ、慌てて目を逸らした。

「……するよ……でも、僕には田宮さんを刺せないよ……」

力なく答える朝阪の肩を、朔ががしっと摑む。

「刺す必要はないよ。高梨が入ってきたら奴を縛り上げる。抵抗できないように脅すだけだ。お前に人殺しなんかさせないから、安心してくれ」

「…………うん……」

嚙《か》んで含めるようそう告げる朔に、朝阪がこくんと頷く。その会話からもやはり、この朔という男は、そうそう悪い人間には思えないのだが、と田宮が密《ひそ》かに考えていたそのとき、窓の外、建物のすぐ側に車が停車する音が聞こえた。

「来た……っ」

バタン、とドアが閉まる音がし、やがて外の廊下を歩く靴音が響いてくるのに、朔が興奮した声を上げ、朝阪がびくっと身体を震わせた。

「……足音は一人……みたいだな」

ぼそりと呟いた朔に田宮は思わず、

「だから良平は約束を守ると言っただろ」

と声をかけ、彼にじろりと睨まれた。

やがて足音が扉の前で止まり、ドアチャイムが押される。

「…………」

朔がドアへと進み、ノブに手をかける。彼の手にナイフが握られているのを見た田宮は、思わずドアに向かって叫んでいた。

「良平！　彼はナイフを持ってる！」

「てめえっ」

朔が恐ろしい顔で振り返ったそのとき、ドスン、とドアが外から体当たりされたと同時に蝶番《ちょうつがい》が吹っ飛び、高梨が部屋に駆け込んできた。

「ごろちゃん、無事かっ！」

「高梨！　てめえっ!!」

朔が怒声を張り上げ、高梨にナイフで斬りかかる。が、高梨は一瞬早く朔の手首を摑んで締め上げ、彼の手からナイフを落とさせた。

「朝阪！」

後ろ手に締め上げられた朔が、朝阪に叫んだのは、田宮をナイフで脅せという指示だったのだが、朝阪はわなわなと震えるばかりで、彼の手はびくとも動かない。

「朝阪！　ナイフだ!!」

続いて朔が、苛立ちも露《あらわ》な声で叫ぶと、朝阪ははっとした顔になったものの、できない、というように首を激しく横に振った。

「朝阪！」

　尚も叫ぶ朔の声と、

「落ち着いてくれや。僕は君たちを逮捕しにきたんやあらへん。君と話をしにきたんや」

　という高梨の冷静な声が重なった。

「話をすんなら、手、離せよ！」

　喚《わめ》き散らす朔を高梨はちらと見たあと、彼の腕を勢いよく離した。朔が弾みで前につんのめりそうになり体勢を整えている間に、高梨は床に落ちたナイフを拾い、それをポケットに収めた。

「てめえっ」

　またも朔が殴りかかろうとするのに、高梨が彼の両手首をとらえ、じっと目を覗き込む。

「話をするんちゃうんか？」

　静かに問いかけるその声を聞き、朔は、

「うるせえっ」

　とまた喚いたものの、腕力ではかなわない上に、頼みの綱である人質を盾に取ることも、ぶるぶる震えているばかりの朝阪にはできないと踏んだようで、はあ、と溜め息をつき、身体から力を抜いた。

「……警視庁やマスコミに脅迫状を送ったんは、君やな？」

暴れなくなったのを見て、朔の両手を離した高梨が、今度は彼の両肩に手を置き顔を覗き込む。

「ああ、そうだよ」

「……お兄さんが亡くならはったからか？」

高梨の問いに、朔は、びく、と身体を震わせたが、すぐにそっぽを向いたまま、

「ああ、そうだよ。わかってるじゃねえか」

と吐き捨てるようにして答えた。

「……お兄さんのことはほんまに残念やったと僕も思うとる」

高梨が沈痛な面持ちでそう言葉を続ける。その途端、朔はカッと目を見開いたかと思うと、高梨の手を振り払い、彼を怒鳴りつけた。

「何が『残念』だ！　兄貴が死んだのはあんたのせいだ！　あんたが兄貴を逮捕さえしなかったら、兄貴は刑務所なんかで死なずにすんだ！　兄貴だってあんたを恨んでた！　ほら、これ、見ろよ！　死にたくないって……生きたいって、書いてあんだろ!!　兄貴は刑務所なんかで死にたくなかったんだよ!!」

叫びながら朔が、ポケットに手を突っ込み、先ほど田宮に示した手帳を開いて高梨に示す。

「………」

高梨はどのような反応を見せるのか、と田宮は彼を見つめたが、彼はただ、悲しげな瞳を

そのノートに向けていただけだった。

「なんとか言えよ！　何も言えないだろ！　兄貴がどんな思いで死んでいったと思うんだよ！」

　尚もノートを突きつけ、喚き散らす朔の前で、高梨は深く溜め息をつき、すっと手をスーツの内ポケットへと入れた。

「なんだよっ」

　てっきり手錠でも出すのかと思ったらしく、身構えた朔の前に、高梨が一通の封書を差し出す。

「なんだよ、これ……っ」

　ぶすっとした顔で問うた朔は、高梨が封書の表裏を返した、その裏面にある差出人の名を見て息を呑《の》んだ。

「……兄貴……」

　呟く朔の声は、酷く掠れていた。そんな彼を見下ろし、高梨が相変わらず静かな声音で話し始める。

「お兄さんが亡くなったあと、刑務官さんが送ってくれはったんや。お兄さんから、自分が死んだあとに僕に送ってほしいと頼まれた、いうて」

「…………なんだよ、恨み言でも書いてあるのかよ」

筆跡が兄のものであるとわかったためか、食い入るように封書を見ながら朔がそう吐き捨てる。

「……読んでええよ。お兄さんがなぜ、死にたくない、思うたか、書いてあるさかい」

高梨はそう言うと、さあ、というように封書を朔に差し出した。

「…………」

朔はしばらく目の前の封書を見つめていたが、やがて手を上げるとそれを受け取った。ぶるぶると震える指先で封筒の中から手紙を取り出す。

「………………」

田宮のところからは、ちょうど朔が手にしていた便せんが見えた。内容まではわからなかったが、端正な文字が紙面いっぱいに並んでいる。

読み続けるうちに、朔の喉から嗚咽《おえつ》が漏れ始めた。

「……兄貴……っ」

便せんをめくり、二枚目に兄の名を見いだしたらしい彼は、涙に震える声でそう呼びかけると、便せんを握ったままその場に崩れ落ち、床に顔を伏せて泣き始めた。

高梨もまた床に片膝をつき、泣きじゃくる朔の背をさすってやりながら、涙に震える声をその背にかける。

「……お兄さんが刑務所の中で『死にたくない』言わはったのは、君が考えていたような意味やない。手紙にも書いてあるとおり、お兄さんは生きて、罪を償いたかったんや。人間はいくらでもやり直しがきく。犯した罪を償えば、真人間になれる。なのにその半ばで命を失わなならんことが、ほんま悔しかったんや。この手紙にはお兄さんのそんな、真摯な思いが溢れとる。読んで僕も泣いてしもうたわ」

高梨は今も涙ぐんでいた。声の震えでそれがわかる、と田宮は彼が慈しむように朔の背を撫《な》でながら、自身の胸に宿る思いを必死で伝えようとしている様子をじっと見つめていた。

「お兄さんからは、面会に行くたびに聞かれたわ。自分でも罪さえ償えば、真人間になれるんかて。骨の髄まで極道にまみれた人生やったけど、ほんまに人生、やり直しがきくんかて。勿論、と僕は答えた。やり直せない人生なんてあらへん。やり直したい、思うた時点で、もう、やり直せたも同然や。そう言うとお兄さんは、ほんまに嬉しそうな顔にならはった」

高梨はそう言うと、朔の顔を覗き込み、

「なんでお兄さんが、人生やり直したい思うたか、わかるか？」

と問いかけた。

「……え……？」

涙に濡《ぬ》れた顔を上げ、朔が高梨を見つめる。

「君のためやで」

高梨はそう微笑むと、バシッと朔の肩を叩いた。

「……俺……の？」

問い返す朔の声が震え、彼の瞳からは大粒の涙が零れ落ちる。

「せや。ヤクザの弟いうことで、君にはせんでもええ苦労をかけどおしやった。今も兄貴が服役中いうことで、随分と苦労しとるようやと。せやから、今更、言われるかもしれんけど、二度と弟に迷惑をかけへんように、真人間になる。お兄さん、ようそう言っとった。お兄さんが人生やり直したい、思うたのは君のためやったのに、伝わってなかったんやね」

悲しいわ、と呟く高梨を、朔は暫し言葉もなく見つめていた。が、やがて、

「うわーっ」

まさに慟哭《どうこく》、という泣き声を上げ、再び床に突っ伏してしまった。

「お兄さんに、よう謝りや。誤解してすまんかったて。お兄さんは君にだけは、罪を犯してほしくなかったはずや。人生をやり直して真人間になりたい、そう思っとったお兄さんの気持ちを裏切ったことを、しっかり謝るんやで」

泣きじゃくる朔の背を、高梨はまた、優しく摩《さす》りながらそう声をかけていた。彼の目にも涙が滲《にじ》んでいることに田宮は気づいていたが、その田宮の目からも、そして彼の傍らに座り込んでいた朝阪の目からも涙が零れ落ちていた。

声を上げ泣く朔の背を、高梨はどこまでも優しく摩り続けている。愛情のこもったその温かな手は、朔の心を救ってくれているに違いない。そう思いながら田宮は、二人の姿を見つ

め続けた。

涙が収まると朔は高梨に向かい、

「本当に申し訳ありませんでした」

と深く頭を下げたあとに、両手を差し出した。

「…………」

高梨はその手を見つめていたが、やがてふっと笑うと、ぽん、と朔の肩を叩いた。

「逮捕はせえへん。自首、しなさい」

「え……」

戸惑いの声を上げた朔に、高梨が苦笑し言葉を続ける。

「自首したほうが、裁判官の心証がええさかいな」

「……あ……」

そういうことか、と納得したらしい朔の肩を、高梨はまたぽんと叩くと、

「脅迫状については、僕は届け出するつもりはないさかい」

そう微笑み、頷いてみせた。

「………高梨刑事……」

呆然とした顔のまま、朔が高梨の名を呟く。

「……俺もアパート爆破のこと、訴えるつもりはないから」

田宮もまたそう声をかけたのに、朔ははっとした顔になり、田宮を振り返った。

「……本当に……申し訳ありませんでした」

朔が田宮に深く頭を下げる。いや、と田宮が答えようとしたそのとき、不意に朔が顔を上げたかと思うと、高梨に縋りつき訴え始めた。

「あの……っ！　今回の件は、俺が一人で考えたことで、あいつは……朝阪はまるで関係ありません!!」

「朔!!」

何を言い出すんだ、と目を見開く朝阪へは視線をやることなく、朔は高梨だけ見つめ、必死の形相で訴え続けた。

「あいつが手伝ったのは、俺が暴力で脅したからです。あいつに罪はありません！　だから、どうか、あいつのことは見逃してやってください……っ」

「朔、違うよ！　僕は君に脅されたことなんかない！　自分の意志で手伝ったんだ！」

「うるさい！　馬鹿なこと言うんじゃないっ」

やはり必死の形相で朔に訴えかける朝阪を、朔はそう一蹴《いっしゅう》すると、再び高梨に縋り、叫ぶようにして訴えかける。

「こいつの言ってることは嘘です。お願いです、こいつだけは見逃してくださいっ！」

「いやです！　僕も共犯です！　朔が逮捕されるなら、僕も逮捕されなきゃおかしいです！」

「うるさいって言ってんだろ！」

「うるさくなんてないよっ！」

「あの、ちょっとええかな」

自分を前に言い争いを始めた二人に対し、高梨は苦笑すると、はっとしたように口を閉ざした朔と朝阪を代わる代わるに見ながら、口を開いた。

「さっきも言うたけど、僕はここで君たちを逮捕するつもりはあらへん。君たちには自首してもらいたい、思うとるからや。そやし、二人でゆっくり話し合うて決めなさい。ええな？」

そう言うと高梨は、二人の肩をそれぞれにぽんぽんと叩き、にっこりと微笑みかけた。

「…………はい……」

先に頷いたのは朝阪だった。朔はそんな彼に対し、何か言おうとしたが、やがて、

「……はい……」

と高梨を真っ直《ます》ぐに見つめ、頷いた。

「そしたら僕らは帰るさかい」

高梨はまた、二人の肩をそれぞれに叩くと、田宮へと歩み寄り、傍らに膝をついて座った。

「ごろちゃん、大丈夫か？」

「うん、全然大丈夫」

縄をほどいてくれながら心配そうに問いかけてくる高梨に、田宮は笑顔で答え、大きく頷いて見せた。

「あ、あの、本当にすみませんでしたっ」

と、朝阪が駆け寄り、田宮の足を縛る縄を未だに手に持っていた果物ナイフで切ってくれた。

「ありがとう」

田宮が朝阪に笑いかける。朝阪はそんな田宮を前に、感無量といった顔になったあと、

「本当に、ごめんなさいっ」

と、深く頭を下げた。

「そしたら、行こか」

高梨が田宮の肩に腕を回し、にっこりと笑いかける。

「うん」

田宮もにっこりと微笑み返すと、じっと頭を下げたままでいた朝阪に最後に声をかけた。

「朝阪君っていうんだよね。本当にありがとう」

「……そんな……お礼を言ってもらうようなこと……」

朝阪がはっとして顔を上げ、ぶんぶんと首を横に振る。

「ううん、福井さんのことも助かったし、それに爆弾のことも……ほんとにありがとう」

「…………田宮さん……」

うう、と朝阪が嗚咽をこらえ、両手に顔を埋める。

「嬉しかったよ」

田宮はそう言うと、朝阪の肩を叩き、申し訳なさそうな顔でその様子を見ていた朔にも笑顔を向け、高梨と共に部屋を出た。


それから一時間後、連絡を途絶えさせたことに対し、高梨が金岡課長から叱責を受けていた真っ最中に、中川朔と朝阪悠紀夫が二人して高梨宛に脅迫状を出したことと、田宮の部屋を爆破したことにつき、彼らのアパート近くの交番に自首したという連絡が警視庁にもたらされたのだった。

「ほんま、かんにん」

中川の逮捕後、高梨はすぐに帰宅を許され、先に官舎に送り届けていた田宮の前で深く頭を下げた。

「別に良平のせいじゃないだろ」

田宮が笑って高梨の肩に手を置き、顔を上げさせようとする。

「誤解が解けてよかったと思う。良平のことも、お兄さんのことも……」

「ごろちゃん……」

誘拐、拉致という酷い目に本人は遭っているというのに、少しもそのことには触れず、自分の、そして逮捕された中川のことを思いやる田宮の優しさに触れ、高梨の胸は熱く滾《たぎ》った。

「八柱霊園に眠ってらっしゃったのはお兄さんだったんだね」

「……せや。あんときも何も言わんで、ごめんな」

「別にいいよ」

気にしてないし、と微笑む田宮を高梨が抱きしめる。

「良平？」

「……ごろちゃん、なんでそんなに優しいんや……？」

髪に顔を埋め、そう囁く高梨の腕の中で田宮が吹き出す。

「優しくなんてないよ」

何を言ってるんだか、と己の背に回した腕に力を込めてくる田宮にとって、自身の言動はあまりに『当たり前』のものであり、敢えて『優しい』と評されるまでもないということなのだろう、と察した高梨の胸に、田宮への愛しさが溢れてくる。

朝阪は自白した際、田宮のことに触れ『ああも人から優しくされたことがなかった。本当に嬉しかったのに、申し訳ないことをしてしまった』と涙を零していたという。

彼を感動させた優しい行動を、ごく当たり前のようにすることができる田宮に、高梨はそれこそ感動を覚えていた。

「ほんま、優しいよ」

そう言い、尚も強い力で田宮の背を抱きしめる。

「良平だって優しいじゃないか」

もう、やめよう、と田宮が照れくさそうに笑い、身体を離そうとする。そんな彼を高梨は不意にその場で抱き上げた。

「うわ」

突然の行為に田宮が驚きの声を上げ、思わぬ高さが恐怖を呼んだのか高梨の首に縋りつく。

「いきなり、なんだよ」

もう、と身体を離し、口を尖らせた、その可愛い唇に高梨は軽くキスすると、にっと彼に笑いかけた。

「まだごろちゃんと、ここのベッドの使い心地を試してへんかった、思うてな」

「あ、俺、昨日勝手に寝ちゃったよ」

ごめんな、と申し訳なさそうな顔になる田宮を見て、高梨が、

「勝手も何も、ここはごろちゃんの部屋やし」

と微笑む。

「え？　でも、マズいだろ？」

官舎、しかも警察関係者の官舎というだけで、入居基準が厳しいことは易々と想像できる。田宮もそう思ったらしく、高梨がリビングを突っ切り寝室へと向かう間、こう話しかけてきた。

「またどこか、アパート探すから。それまでの間、ちょっと世話になるけど……」

「別にここでええやん」

だが高梨はあっさりとそう言うと、辿り着いた寝室の明かりを田宮を抱いたまま器用につけ、部屋の中央にあるベッドへと彼の身体をそっと下ろした。

「よくはないだろ」

起き上がろうとする田宮にのしかかりながら、高梨がにっこりと笑いかける。

「もう、許可とったし」

「え？」

田宮が戸惑いの声を上げる。と、高梨はまた、にっこりと笑いながらゆっくり彼に覆い被《かぶ》さっていった。

「結婚はしてへんけど、僕の家族や、言うたらわかってもらえたわ」

「それは……」

目を見開く田宮の唇を軽く塞いだあと、高梨が少し照れたように笑う。

「ま、頑張ってくれはったのは課長やけどね」

「……良平……」

高梨の前で田宮の見開かれた大きな瞳に、みるみる涙が盛り上がっていく。

「なんで泣くの」

苦笑し、高梨が涙が零れ落ちる目尻に唇を寄せると、田宮は高梨の背に両腕を回し、しっかりと抱きしめてきた。

「……家族……か」

ぽつりと呟いた田宮の目尻から、また一筋の涙が流れ落ちる。

「せや。僕らは家族や」

な、と高梨は微笑むと、うん、と力強く首を縦に振った田宮に深くくちづけていった。

「あ……っ……あぁっ……あっ……」

互いに服を脱ぎ合い、全裸になって抱き合おうとした直前、高梨は今更、拉致された田宮の体調を案じた。

田宮は全然大丈夫だと微笑み、高梨に向かい両手を広げてみせたのだが、それでも高梨が躊躇っていると、恥ずかしそうにしながらも、今度は両脚を開いてみせたのだった。

田宮の気遣いに感じ入った高梨は、少しでも彼に快楽を与えようと、田宮の下肢に顔を埋め彼の雄を口へと含み丁寧に舐《ねぶ》り始めた。

「ん……っ……や……っ……あ……っ……あぁ……っ」

高梨の口の中で、あっという間に勃ち上がった田宮の雄の先端のくびれた部分を舌で執拗《しつよう》に責め立てながら、竿《さお》を指で扱《しご》き上げる。そしてまた、唇に力を入れ、ゆっくりと竿を下るようにして雄を口内に納めると、今度は裏筋に舌を這《は》わせながらゆっくりと口から取り出す。

再び口へと納め、既に先走りの液が滲んでいる尿道を舌で虐《いじ》めると、田宮は大きく背をのけぞらせ、更に高い声で喘《あえ》ぎ始めた。

「あぁっ……やっ……あーっ……」

舌先を硬くし、尿道を抉《えぐ》る。同時に睾丸を揉《も》みしだくと、田宮は耐えられないというように激しく首を横に振った。

達してしまう、と言いたげな彼の気配を察し、高梨は雄の根元をぎゅっと握りしめて射精を阻むと、相変わらず舌で彼の雄を攻めながら、もう片方の手を田宮の後ろへと這わせていく。

滴る先走りの液で濡らした指先を、ずぶ、と後ろに挿入させると、田宮の背はまた大きく撓《しな》り、口からは高い声が発せられた。

「あぁっ」

高梨の指を待ちわびていたかのように熱くわななく。内壁が激しく蠢《うごめ》き指を締め上げてくるのに反発するよう、高梨が指を動かすと、田宮はベッドの上で身悶《みもだ》え、耐えきれない、という声を上げ始めた。

「もう……っ……あぁ……っ……もう……もう……っ……あっ……」

前に、後ろに与え続けられる強い刺激に、既に田宮の意識は朦朧《もうろう》としているようだった。ちらと顔を見上げた高梨を見下ろす彼の、潤んだ瞳は焦点があっておらず、ただでさえ年齢より若く見える彼の顔は今、幼子のようにすら見える。

どき、と高梨の胸が高鳴り、既に勃起していた彼の雄もまた、どくん、と更に脈打つ。こんな顔をされるともう、我慢などできるわけがない、と高梨は身体を起こした。

「あっ」

不意に前後への刺激を失ったことに、田宮の口から戸惑いの声が漏れたが、高梨が彼の両脚を抱え上げ、怒張しきった雄を後ろへと押し当てると、

「……あぁ……っ」

それは満足そうな声を上げ、にこ、と微笑んでみせた。

「……っ」

無意識に違いないその所作を見た高梨の雄は、またもどくんと脈打ち、闇雲《やみくも》に突き上げたいという衝動が抑えきれなくなる。

その衝動のままに高梨は田宮の両脚を抱え直すと一気に奥まで貫き、激しく突き上げ始めた。

「あっ……あぁ……っ……あっ……あっ……あっ……ああっ」

田宮の華奢な身体がシーツの上で跳ね上がり、やがて淫《みだ》らにくねり始める。色白の彼の肌は今や、性的興奮に煽られて上気し、それは美しい薄紅色に染まっていた。全身に吹き出す汗が天井の光を受け、美しいその肌にきらきらとした光沢を与えている。

可愛く喘ぐその声も、無意識がゆえに奔放に乱れる様も、視覚、聴覚、五感のすべてが高梨の欲情を煽り立て、彼の突き上げはますますスピーディに、そして激しくなっていった。

「あぁっ……もうっ……もう……っ……だめ……っ……だ……っ」

気づけば随分と長い間、腰を打ち付け続けていたことに高梨が気づいたのは、喘ぎすぎて声を嗄《か》らした田宮が、そう訴えかけてきたときだった。

延々と続く絶頂状態に、最早《もはや》彼の意識は半分失われているようで、快感よりも息苦しさがまさるのか、眉間《みけん》にくっきりと縦皺《たてじわ》を刻み、救いを求めるように高梨を見上げている。

しまった、自分の快感を追い求めすぎたか、と高梨は瞬時にして反省すると、二人の腹の間で爆発寸前となっていた田宮の雄を握りしめ、一気に扱き上げてやった。

「アーッ」

今まで達したくても達せずにいたらしい田宮が、一段と高い声を上げて達し、白濁した液を高梨の手の中に飛ばす。

「……く……っ」

射精を受け田宮の後ろが激しく収縮して高梨の雄を締め上げた。その刺激に高梨もまた達し、田宮の中に精を注いでしまっていた。

「……大丈夫か？」

はあはあと息を乱している田宮を案じ、高梨が問いかける。ようやく意識も戻ってきたのか、苦しげにしながらも田宮は、大丈夫、と微笑み、頷いてみせた。

たとえ『大丈夫』とはいえないときでも、必ず田宮は『大丈夫』と微笑み、頷いてみせる。無理はしてほしくない、いくらそう高梨が言っても、『無理なんかしてない』と強がるのは、高梨の心配を退けたいためであることは、痛いほどにわかっている。

本当にどこまでも優しい――と高梨は田宮に覆い被さり、呼吸を妨げぬように気遣いながら、瞼《まぶた》に、頬に、額に、唇に、細かいキスを数限りなく落としていく。

「……良平……」

やっと呼吸が整ってきたらしい田宮は、そう微笑むと、高梨の背を両手両脚でぎゅっと抱きしめてきた。

熱いその手の、そして脚の感触に、高梨の胸にはいつものように、熱い想いが溢れてくる。

このどこまでも優しい恋人を、自分がどれほど愛しているか、それを行為で伝えようと、高梨は田宮の両脚を抱え直すと、次なる絶頂へと彼を導くべくゆっくりと腰の律動を開始したのだった。


二度、三度と共に絶頂を迎えたあと、腕の中で気を失ってしまった田宮を高梨はそっと抱きしめ、眠りにつこうとした。

すやすやと安らかな寝息を立てて眠る田宮を見下ろす高梨の頭に、亡くなった中川宗一の顔がふと浮かぶ。

『俺みたいによ、骨の髄まで極道の世界にどっぷり浸《つ》かっちまってるような野郎でも、人生、やり直せるもんかね』

何度も問いかけてくる彼に対し、高梨はそのたびに、勿論、と大きく頷いた。

やり直したいと思った時点で、『やり直し』は始まっているのだ。そう告げた彼の前で、宗一は泣き笑いの顔になり、高梨に頭を下げたのだった。

『……ありがとよ……』

その後、宗一は自首をした。模範囚となり、人生の『やり直し』を夢見ていた彼が志半ばで死なねばならなかった悔しさを、今日、弟の朔に見せられたノートで改めて知らされた。

『やり直せるもんかね』

投げやりな口調で問いかけてきた宗一。だが、その言葉の奥に高梨は、やり直したいと切望する彼の気持ちを汲み取った。

あの時点で彼はもう、まっとうな人間に生まれ変わっていたのだ。それをはっきりと伝えてやればよかった、と尽きせぬ後悔を胸に、抑えた溜め息をつく高梨の腕の中で、田宮が、

「ん……」

と小さく声を上げ、目を開ける。

「かんにん、起こしてもうたか」

寝ときや、と背を抱き直すと、田宮は半分寝ぼけているようで、ほんわかという表現がふ

さわしい柔らかな笑みを浮かべると、ぽつりとこう呟き、再び眠りについた。

「……今度の休みにさ、また、八柱行こうな……」

「…………」

まさに自分の心を読まれたかのような彼の言葉に、あ、と高梨が声を上げようとしたときには、田宮の口からは規則正しい寝息が漏れていた。思わずその背をきつく抱きしめたくなる衝動を高梨は必死で抑え込む。

彼が寝てくれていてよかった——涙が溢れそうになる己を恥じながらも、高梨は腕の中で微笑みながら眠りについている愛しい恋人をじっと見下ろす。

彼の笑顔をこの先永遠に見ていたい——いや、永遠に見ていこう。

心の中で呟く高梨の胸にはそのとき、何にも代え難い愛しい人への熱い思いが再び燃えさかっていた。

エピローグ

高梨警視殿

先日、面会に来てくださった際に、打ち明けようかとも思ったのですが、末期癌に冒され余命幾許《いくばく》もないなど、知らせたところでご迷惑になるだけだと思いとどまりました。

高梨警視がおっしゃった「やり直せない人生などない」という言葉に支えられ、今日まで生きてきました。

こんな、クズみたいな自分でも、犯した罪を償えば、まっとうな人間になれるのか。

そう問うた私に警視は「勿論」と、さも当然のように頷いてくれた。それがどれだけ嬉しかったか。言葉では語り尽くせません。

それなのに、罪を償いきれずに死んでいく自分が情けなく、悔しく、本当に残念でなりません。

できることなら、生きて刑期をまっとうしたかった。晴れて真人間になり、これまで兄がヤクザということで迷惑をかけ続けてきた弟に、今までのことを詫びたかった。

それがかなわぬこととなった悔しさは募りますが、それでも、志半ばであっても、真人間になりたい、人生をやり直したい、そういう思いを抱かせてくれた高梨警視に出会えてよかったと思っています。

こんな私を案じてくれ、何度も面会にきてくださりありがとうございました。

生まれ変わることができるのなら、今度こそ、まっとうな人間になってみせます。

中川宗一

あとがき

はじめまして&こんにちは。愁堂れなです。

このたびは二十八冊目のルチル文庫となりました『罪な裏切り』をお手に取ってくださり、本当にどうもありがとうございました。

罪シリーズ第十二弾、久々の新作となります。今回、新たな展開を迎えることとなりましたがいかがでしたでしょうか。

皆様に少しでも楽しんでいただけているといいなとお祈りしています。

陸裕千景子先生、今回も本当に素晴らしいイラストをどうもありがとうございました。先生の描いてくださる良平とごろちゃんに、毎度毎度本当に幸せと癒しをいただいています。

今回もおまけ漫画を描いていただけてめちゃめちゃ嬉しかったです！

お忙しい中、本当にどうもありがとうございました。これからもどうぞよろしくお願い申し上げます。

また、担当のO様には今回も大変お世話になりました。他、本書発行に携わってくださったすべての皆様に、この場をお借りいたしまして心より御礼申し上げます。

最後に何より、この本をお手に取ってくださいました皆様に、御礼申し上げます。

ほぼ一年ぶりとなりました新作、いかがでしたでしょうか。

よろしかったらどうぞご感想をお聞かせくださいね。心よりお待ちしています！

罪シリーズ新作は来年の一月に発行していただける予定です。また、あと三冊残っているノベルズの文庫化も順次ご発行いただける予定ですので、時期など決まりましたらブログやツイッターやメルマガですぐにお知らせさせていただきますね。

次のルチル文庫様でのお仕事は、九月に文庫を出していただける予定です。よろしかったらそちらもどうぞお手に取ってみてくださいね。

また、五月の『waltz～円舞曲～』とこの『罪な裏切り』はルチル文庫様六周年記念小冊子の対象作品となっています。詳細は帯をご覧くださいませ。とても豪華な小冊子で、読み応えがありますよ！

四月から始まっております『愁堂れな連続刊行フェア』もどうぞよろしくお願い申し上げます。

また皆様にお目にかかれますことを、切にお祈りしています。

愁堂れな

＊この「あとがき」のあとに以前、サイトに掲載していたショート『花火』を入れていただ

きました。

今回ああいうことになってしまった、ごろちゃんのアパートでの二人の思い出のワンシーンです。

皆様に少しでもお楽しみいただけると幸いです。

花火

「ほんま、今年はいつ夏になるんやろうねえ」

行為のあと、汗ばむ身体《からだ》をあわせながら良平《りょうへい》が呟《つぶや》いたとき、殆《ほとん》ど眠りの世界に引き込まれそうになっていた俺は、

「ん……？」

と無理やり目を開き、彼の顔を見上げようとした。

「ああ、かんにん。寝とってええよ」

良平が慌てたようにそう言って俺の背を抱き直し、髪をくしゃりとかき混ぜる。

「……ん……」

ようやく落ち着いてきた鼓動が、良平の規則正しい心臓音に重なって聞こえる。そういえばまだ、関東地方は梅雨明けしていなかったんだ、と今更のように彼の言葉に思考が追いついてきたが、己の髪を撫でる良平の手の心地よさに益々眠気に引き摺《ず》られ、彼の肩口に顔を埋めてそのまま眠り込もうとしていたそのとき、ポン、とかすかな音が窓の外から聞こえてきた。

続いて、ポンポンと立て続けに遠くで音が響き、ああ、もうそんなシーズンか、と眠りか

けた頭を窓の方へと向ける。

「花火?」

良平も俺を抱き直しながら、カーテンを引いてない窓から空を見上げている。

「うん。神宮前のかな……毎年聞こえるんだ」

見えないけどね、と寝ぼけて答えたところで、またポンポンと花火が連続して上がる音が聞こえ、

「へえ」

良平は小さく呟くと、俺の髪に顔を埋めてきた。

「………」

ポォン、と一際大きな音がした、と思ったとき、良平が、

「あ」

と小さく声を上げたのに、俺はまた眠りの世界から引き戻された。

「ん?」

「今、ちょろっと見えたで。空が明るくなってん」

ふふ、と笑いながら良平がまた俺の髪に顔を埋めてくる。なぜか懐かしそうな、そして嬉しそうなその声が気になって、俺は眠気も忘れ、

「花火、好きなんだ」

と彼の腕枕に乗せた頭を軽く持ち上げ、顔を覗《のぞ》き込んだ。

「江戸っ子やからね」

「うそつき」

呆れて睨む俺の頬に、良平が唇を落としてくる。

「梅雨明けもしてへんのに、もう花火のシーズンなんやねえ」

頬《ほお》に瞼《まぶた》に落とされるキスの合間にしみじみと呟くその声はやはりひどく懐かしげで、何か思い出しているのかな、と俺はまた彼を見上げ、微かに首を傾《かし》げた。

ポォン、とまた遠くで花火が上がる音がする。

「小さい頃にな」

その音に誘われるように、良平はどこか遠い目をしながら、ぽつぽつと話をはじめた。

「僕がまだ小学校に上がる前やったかなあ。夏休みに家族で海水浴に行ったとき、ちょうどその夜花火大会があるゆうんで、皆して宿の浴衣着て海辺まで見に行ったんや。えらい人出でな、その上そんなに近くで花火を見るんが初めてやったさかい、次々あがる花火を見とるうちに、気づいたらみんなとはぐれてしまってたんや」

「へえ」

ぽん、とまた微かに花火が上がる音がする。俺の脳裏に、幼い頃の良平のイメージが浮かんだ。

頭の上であがる大輪の花火に見惚《みと》れている幼い彼――ふと周りを見回し、一人はぐれたことに気づいたとき、彼は泣き出したりしたんだろうか、などと微笑ましく思っていた俺の耳元で、良平もくすりと笑うと話を続けた。

「同じ旅館から花火を観に来た客がようけおったらしくてなあ、自分と同じ柄の浴衣を見つけては駆け寄るんやけど、裾を摑《つか》んで振り返った顔は全然知らんおっちゃんおばちゃんばっかりで、だんだん花火どころやなくなってきてなあ。半分泣きながら砂浜を駆けまわっとったら、会場の前の、ほんまに一番前あたりで、『たまや〜!』って叫ぶでかい親父の声が聞こえたんよ」

「……親父さんの……」

相槌を打った俺の額に、唇を押し当てるようなキスをしたあと、良平はまた、遠くを見るような瞳になった。

「親父だけやない、姉貴たちの騒ぐでかい声も聞こえてなあ、なんや、人のことほっぽらかしといて、自分らだけ一番前の席陣取っとんのかい……とはまあ、子供やったから思わんかったけど、泣きながら声目指して駆けてったら、皆がそんときだけは花火も忘れて、僕のこと指差して大笑いしよったんよ。どうせ上ばっか観とって、迷子になったんちゃう、なんてからかわれてな。ひどいやろ?」

くすくす笑いながら良平は、また俺を抱き寄せ、唇を額に落としてきた。遠くでまた、ポオン、という花火の音が聞こえる。

「……自分らかて花火に夢中で僕のこと忘れとったくせに、なんや皆してどついたり、僕の頭撫でたり、花火が上がったら騒いだりしとる声を聞いとるうちに、ああ、これがウチの家族なんやなあって子供心にも思ったもんやったよ。兄貴も姉貴も随分大きくなっとって、翌年から家族で旅行もせえへんようになったから、あれが家族で見た最後の花火やったなあ」

俺の背を抱く良平の手に力がこもった、と思ったのは気のせいだったかもしれない。

ポンポンと遠くに上がる花火の音を聞きながら、良平が今、思い浮かべている映像を共有したくて、俺は身体をずり上げ、彼の額に自分の額を合わせてみた。

「……ごろちゃん？」

良平が少し驚いたような顔をしてそんな俺と目を合わせてくる。

「…………」

楽しかった家族との思い出——迷子になった幼い彼に、居場所を教えてくれた、親父さんの大きな声。皆の手の温もり。賑やかしい笑い声——俺の心にも良平の思い出が溢《あふ》れてくるような思いがする。

「……あのさ」

ポォン、とまた遠くで花火が上がる音が聞こえる。

「なに？」

微かに首を傾げるようにして俺を見下ろす、近すぎて焦点の合わない良平の瞳が、外からの明かりを受けてきらきらと煌《きらめ》いて見える。

『た〜まや〜！』

彼の瞳が輝いているのは多分——。

「なに、ごろちゃん？　どないしたん？」

慌てたように良平が俺から額を離し、頰を両手で包み込んだ。その指にそって俺の瞳から堪えきれない涙が流れ落ちてゆく。

「……あのさ」

涙に掠《かす》れる声を聞き、更に心配そうな顔になった良平に、俺はなんでもない、と首を横に振ると、

「……お盆に休みとれたら、一日でもいいから帰ろうな」

と笑いかけた。

「……ごろちゃん……」

良平の顔が微かに歪《ゆが》んだ、と思ったと同時に俺は力いっぱい抱き締められていた。

「……大阪のお盆って、八月だろ？　新盆だもんな。ちゃんと帰ろうな」

その背を俺も力いっぱい抱き締めながら、良平の耳元で囁《ささや》きかける。

「……せやね」

良平のくぐもったような声が耳元で響き、背を抱き締める手にいっそう力が籠められたのがわかった。

ポォン――。

また遠くで、花火が上がる音がする。そのとき俺の耳にも、『た～まや～』という、幼い彼の耳に響いた今は亡き人の大きな声が、確かに聞こえたような気がした。

…ちゅうわけで
僕ら官舎に引越しましてん
まー残念ながら富岡さんを招待する予定はありませんけどな
はっはっはっ
ああ、お気遣い無く！僕はこれまで通り一日の大半を田宮さんと一緒に過ごしますから
は…
いてて…
どうしました?
あ、失礼
ごろちゃんが立てた背中の爪痕の名残が……
ニャ～～～リ
な…っ
…それは大変ですね
フッ
おっさんになると傷の治りが遅くなりますもんね
加齢臭とか大丈夫ですかって?
ぐぬ…っ
いいなァ美人妻会いたいな～
アンタには絶対に会わせない!!

✦初出　罪な裏切り……………書き下ろし
花火……………………個人サイト掲載作品（2003年7月）

愁堂れな先生、陸裕千景子先生へのお便り、本作品に関するご意見、ご感想などは
〒151-0051 東京都渋谷区千駄ヶ谷 4-9-7
幻冬舎コミックス　ルチル文庫「罪な裏切り」係まで。

幻冬舎ルチル文庫

罪な裏切り

2011年7月20日　第1刷発行

✦著者　愁堂れな　しゅうどう れな

✦発行人　伊藤嘉彦

✦発行元　株式会社 幻冬舎コミックス
〒151-0051 東京都渋谷区千駄ヶ谷 4-9-7
電話 03(5411)6432［編集］

✦発売元　株式会社 幻冬舎
〒151-0051 東京都渋谷区千駄ヶ谷 4-9-7
電話 03(5411)6222［営業］
振替 00120-8-767643

✦印刷・製本所　中央精版印刷株式会社

✦検印廃止

ISBN978-4-344-82280-1　C0193　Printed in Japan

愁堂れな
「花嫁は三度愛を知る」
若くして昇進し"高嶺の花"と称される美貌の警視・月城涼也は、ICPOの刑事であるキース・北条と遠距離恋愛中。そんな中、キースの追っている怪盗「blue rose」からの予告状が届く。キースが来日すると思いきや、担当が変わったと別の刑事が来日。帰宅した涼也の前に、「blue rose」の長・ローランドが現れる。キースから連絡もなく落ち込む涼也は……。
イラスト
蓮川愛
560円(本体価格533円)